ANTAR

EXEMPLAIRE
OFFERT A

M _____

Timbre justificatif des éditeurs

ANTAR

POÈME HÉROÏQUE ARABE

D'APRÈS LA

TRADUCTION DE MARCEL DEVIC

Illustrations en couleurs de **E. DINET**

L'ÉDITION D'ART

H. PIAZZA ET Cᵢᵉ, ÉDITEURS, 4, RUE JACOB, PARIS

M D CCC XCVIII

PREMIÈRE PARTIE

CHAPITRE I

u nom d'Allah très clément et très misé-
ricordieux, Asmaï a raconté cette histoire
merveilleuse.

Dans l'ancien temps, les enfants d'Abs
et d'Adnan habitaient le Hedjaz. Ils étaient
les plus braves de tous les Arabes : on les avait surnommés
les Cavaliers des Destins et de la Mort. Leur chef était le roi
Zohéir, fils de Djézima, qui commandait à la fois aux tribus
d'Abs, de Dhobyan et de Fézara, toutes issues d'Adnan.

Or dix cavaliers absiens, devenus pauvres par suite de leur
large hospitalité, résolurent de faire une rhazia sur les biens
des Arabes, suivant l'usage de ces temps-là. Ils se réunirent
et allèrent trouver leur chef, l'émir Cheddad, fils de Carad,
qu'ils instruisirent de leur dessein. L'émir approuva ce projet,
et les onze guerriers partirent de la terre de Chérebba, cherchant l'occasion de prendre des chevaux et des chameaux. Ne
voulant pas piller dans le voisinage de leurs demeures, ils

entrèrent dans le Yémen, sur le territoire des Béni-Cahtan. Ils arrivèrent
ainsi auprès des montagnes de Selma;
et dans la vallée ils découvrirent une
tribu riche et nombreuse, dont flottaient les bannières et les enseignes. Le
camp était vivant comme la mer bruyante, et l'on voyait se mouvoir, ainsi
que les vagues, une foule d'esclaves, d'hommes, de jeunes filles et de chevaux aux couleurs variées. Effrayés de la foule des guerriers, les Béni-Abs
n'osèrent les attaquer et se détournèrent vers les pâturages. Là, mille chamelles paissaient; leur bosse bien nourrie penchait sur le côté, tant l'herbe
et les plantes abondaient en ce lieu. Une esclave noire les surveillait. Belle,
souple et bien proportionnée, elle se balançait sur ses hanches comme une
branche flexible, et ses dents blanches étaient fraîches comme des grêlons.
A ses côtés étaient deux négrillons, ses fils, qui l'aidaient à garder le troupeau et tournaient autour d'elle. Lorsque les Béni-Abs aperçurent ce facile
butin, ils y coururent en hâte et chassèrent les chamelles devant eux comme
des lièvres. Ils cheminaient depuis peu, quand soudain la poussière s'élève
au loin : ce sont des cavaliers qui arrivent à la poursuite des pillards. Les
Béni-Abs tournent bride, pointent les lances, et reçoivent le choc des assaillants; puis ils se ruent sur eux comme des faucons en poussant des cris ter-

ribles. Le sang coule et ruisselle, les cavaliers jonchent la terre. Mais bientôt, les guerriers ennemis impuissants à soutenir la lutte contre d'aussi terribles adversaires, s'enfuient, laissant leurs braves massacrés et abandonnant leurs dépouilles. Les Absiens recueillent les armes des morts, rassemblent les chevaux dispersés, les joignent aux chamelles et se hâtent vers leur pays, à travers plaines et vallées. A l'approche du soir, ils firent halte au bord d'un étang. L'émir Cheddad vit la jeune femme qu'ils avaient poussée devant eux avec le troupeau, et l'amour pour elle fut doux à son cœur, et il la désira; car, a dit le poète :

« Il y a dans les noires une expression telle que si tu en pénétrais le sens, tes yeux ne regarderaient plus les blanches ni les brunes ; — « La souplesse de leur corps, la magie de leurs regards sont plus puissantes que la sorcellerie elle-même.

« La lentille placée sur la joue, qu'elle rend plus blanche, charmerait-elle les amoureux si elle n'était noire.?

« Le musc, s'il n'était noir, ne serait point le musc. Et sans les ténèbres de la nuit, tu ne contemplerais point l'aurore. »

L'émir Cheddad abandonna le butin entier à ses compagnons et se réserva cette esclave noire et ses deux enfants. Elle s'appelait Zébiba, et de ses fils, l'aîné se nommait Djérir et le plus jeune Chéiboub. De retour au camp, l'émir l'envoya aux pâturages avec les deux négrillons.

Les jours et les nuits passèrent, et sa grossesse apparut et sa démarche s'alourdit. Une nuit, elle cria jusqu'au lever du soleil et mit au monde un enfant mâle. Cet enfant était noir comme l'éléphant; il avait les narines larges, les cheveux crépus, les coins des yeux troubles. Il était d'humeur difficile. En voyant ce corps robuste, ces prunelles étincelantes et ces puissantes épaules, l'émir Cheddad reconnut sa propre structure. Il fut rempli de joie et donna à son fils le nom d'Antar.

A l'âge de neuf mois, il se battait avec les enfants de la tribu, et renversait les chiens dans la poussière. Un jour même, peu solide encore sur ses jeunes jambes, il s'élança en grondant sur un chien qui lui avait dérobé un morceau de viande, l'atteignit, de ses mains déjà vigoureuses lui fendit la gueule jusqu'aux épaules et lui ravit sa proie.

Antar grandissait ; il suivait maintenant sa mère aux pâturages et l'aidait, à la garde des troupeaux dans le désert. Il passa ainsi sa première enfance. Il était rude envers ses camarades, il battait ses frères et était en hostilité avec tous les gens de la tribu. Voyant cela, son père Cheddad lui confia des brebis avec lesquelles il se dérobait aux regards, au fond des solitudes. Il y passait le jour à galoper dans la plaine et à s'exercer aux manœuvres guerrières.

Ce fut bientôt un cavalier intrépide. Lorsqu'un chameau s'écartait, Antar courait à lui avec des cris effroyables, le saisissait par la queue, et la lui arrachait. Il renversait les bêtes récalcitrantes, les traînait par-dessus les collines et les domptait. Et sa force augmentait de jour en jour et sa vigueur devenait prodigieuse.

Telle fut sa vie jusqu'à l'âge de dix ans.

E. DINET

Le roi Zohéir avait deux cents esclaves, et chacun de ses dix fils en avait autant. Chas, qui était l'aîné et qui devait un jour succéder à son père, possédait parmi les siens un certain Dadji, homme violent et orgueilleux, que les autres esclaves redoutaient. Cher au prince pour sa vigueur et le soin qu'il prenait des biens confiés à sa garde, Dadji était insolent envers tous, et tous lui obéissaient, faibles et forts, de près et de loin. Antar seul ne faisait de lui aucun cas et le traitait avec autant de mépris qu'un chien.

Or, un jour que des pauvres étaient rassemblés auprès de l'étang pour abreuver leurs chameaux et leurs moutons, Dadji, avec les troupeaux de ses maîtres, s'était emparé des avenues de l'aiguade, et en défendait l'approche à tous les bergers. Et voilà qu'une femme des plus âgées, jadis riche et portant encore les signes de la noblesse, s'approche et dit à Dadji :

« Permets que j'abreuve ces brebis qui seules me restent des biens qui me furent légués. Leur lait est ma nourriture. Je suis pauvre, le sort a fait périr mes enfants et mon mari ; sois compatissant et fais droit à ma prière ! » Lorsque Dadji entendit ces paroles, il se tourna vers la vieille et il la poussa dans la poitrine. Elle tomba sur le dos et sa nudité parut au jour : aussitôt les esclaves éclatèrent de rire. A cette vue, Antar sentit bouillonner son cœur ; il ne put maîtriser son courroux ; une teinte jaune couvrit son visage noir comme la nuit. Il s'élança vers l'esclave Dadji, et d'une voix terrible :

« Malheur à toi ! s'écria-t-il, fils de l'adultère !
Quelle est cette infamie, et pourquoi déshonores-
tu les femmes arabes ? » Dadji était fort et robuste. A l'injure d'Antar, il se précipite sur lui et
le frappe au visage. Antar reste un moment étourdi
par la violence du coup ; mais bientôt revenant à
lui, il prend l'esclave par un pied, le soulève, et,
de son corps frappant la terre, il en fait entrer
la longueur dans la largeur. Alors, les esclaves
poussent de tous côtés des cris contre Antar :

« Malheur à toi ! tu as tué l'esclave du prince
Chas ! Quel est celui d'entre les hommes qui,
désormais, oserait te protéger ! »

7

E. DINET

Aussitôt ils l'attaquent avec des bâtons et des pierres. Antar, sans défense contre la multitude, prend d'abord la fuite. En courant, il dépouille sa tunique et s'en entoure le bras pour se couvrir contre les coups. Puis, saisissant le bâton d'un des esclaves, il revient sur eux comme le lion sur les chasseurs, et lutte avec courage contre ses assaillants.

Or Malic, le plus jeune des fils du roi Zohéir, était un prince beau, vaillant, éloquent et généreux. Son visage était doux comme l'aurore, et sa taille droite comme la lance. Son père l'aimait tendrement ; toute la tribu le chérissait et écoutait sa parole.

Ce jour-là, il se livrait aux plaisirs de la chasse, et ses esclaves marchaient devant lui. Soudain, il entend des cris retentir dans la plaine et voit la poussière s'élever. Il pique en avant, pour connaître les causes de ce tumulte, et aperçoit une foule d'esclaves acharnés autour d'un nègre seul contre tous.

C'était Antar : le sang coulait de tout son corps meurtri par les bâtons et les pierres; mais son énergie n'était point ébranlée. Il disait : « N'aie pas recours à la fuite, ô mon âme! Elle ne pourrait te sauver de la mort. — Sois ferme; la fermeté au combat tient lieu de noblesse, la mort n'arrive qu'au terme fixé. — Ne crains pas la mort, et ne te déshonore point aux yeux des nobles arabes. »

Malic vit ce courage, et son cœur en fut touché. Il appela Antar auprès de son étrier, et l'interrogea sur les causes de ce combat. Le récit du jeune homme lui valut la sympathie du prince, qui vit en lui deux nobles qualités : la haine de l'injustice et la bravoure à défendre les femmes.

« Marche à mon côté, lui dit-il, et sache que tu as un protecteur contre quiconque vit sous la voûte du ciel, mange le pain et boit l'eau. »

Antar, plein de joie, baisa le pied du prince; puis il marcha à sa suite avec les esclaves. A compter de ce jour, le roi Zohéir et son fils Malic conçurent pour Antar une grande affection.

Lorsque le fils de Cheddad retourna aux tentes, les filles de la tribu se réunirent autour de lui pour l'interroger et écouter le récit de son aventure. Vinrent aussi les femmes de ses oncles et sa cousine qui s'appelait Abla; car la nouvelle du valeureux exploit d'Antar s'était vite répandue dans tout le camp.

Abla était plus jeune qu'Antar.
Elle était d'une beauté merveilleuse et d'une grâce parfaite; tous
l'aimaient, même ceux qui aimaient sans espérance. Rieuse, elle avait coutume de plaisanter avec Antar, son serviteur et l'esclave de son oncle.
Elle vint donc à lui, ce jour-là, parmi les jeunes filles, et lui dit :

« Eh bien, vil nègre! pourquoi as-tu tué l'esclave du prince Chas?

— Par Dieu! maîtresse, répondit le jeune homme, il a maltraité une
vieille femme sans défense; il a blessé sa pudeur et fait d'elle un objet
de risée pour les esclaves. J'ai voulu lui reprocher sa conduite; il m'a
frappé au visage, la colère s'est emparée de moi; je l'ai tué.

— Tu as bien fait, dit Abla en souriant, et nous sommes heureuses de
te voir hors de danger. Tu as mérité aujourd'hui auprès de nos mères le
titre de fils, et celui de frère auprès de nous. »

❀❀❀❀❀❀❀❀❀❀ Un jour, il entra dans la tente de son oncle Malec, au
moment où la mère d'Abla peignait les cheveux de sa fille. A la vue de
cette chevelure, noire comme la nuit, qui retombait sur les épaules d'Abla,
Antar fut saisi de trouble et perdit la raison.

Son cœur tressaillit, et il improvisa ces vers :

« J'ai vu une blanche dont les longs cheveux traînent jusqu'à terre, et l'enveloppent. — Sous leurs boucles noires, elle est semblable au jour naissant, et sa chevelure est la nuit ténébreuse. — Ses traits ravissent ceux qui l'entourent, chacun s'empresse à la servir. — Et moi, je cacherai mon amour au fond du cœur, jusqu'à ce que la fortune me soit favorable. »

Cependant les jours et les nuits passèrent, et la passion s'accrut dans le cœur d'Antar. On arriva à l'époque des Mois Sacrés, au premier jour de Redjeb : c'était le temps de fête des Arabes idolâtres.

En ce jour donc, les Béni-Abs sortirent leurs idoles, les hommes et les femmes revêtirent leurs vêtements de fête, les seigneurs firent des exercices guerriers et les jeunes filles se livrèrent à la danse. Abla était parmi elles, parée de colliers et de pierreries. Son visage était en fleur, elle brillait comme le soleil et la lune. Antar vit cette beauté, et, dans le ravissement, il baissa les yeux, médita et dit :

« Une belle vierge a atteint mon cœur avec les flèches de son regard dont les blessures ne guérissent jamais. — Elle est passée ; elle allait à la fête, parmi les jeunes filles à la gorge arrondie, semblables à des gazelles dont les regards sont des javelots. — Elle a marché, et j'ai dit : C'est la

branche du saule agitée au souffle du vent. — Elle a regardé, et j'ai dit : C'est une gazelle effarouchée, surprise par les dangers au milieu du désert. — Elle a souri, et j'ai vu les perles briller entre ses lèvres qui cachent le remède des amoureux malades. »

Lorsque Abla entendit Antar célébrer ainsi ses attraits, elle en ressentit une vive joie. Son sein frémissait sous les voiles comme l'anémone que berce le vent, et, durant le reste du jour, elle ne cessa d'occuper l'attention du jeune homme.

Antar était éperdu et sans voix. Avant la fin de la fête son amour était au comble, et, dans le feu de la passion, mille pensées se partageaient son cœur. C'était la coutume des femmes arabes de boire du lait le matin et le soir; les esclaves, après l'avoir trait, le faisaient refroidir au souffle du vent et le leur apportaient.

Ainsi faisait Antar pour Samiya, la femme de son père, pour les épouses de ses oncles Zakmet-el-Djouad et Malec, et pour Abla, la fille de celui-ci. Et ce qui restait, il le donnait à boire aux pauvres de la tribu. Ce soir-là, il vint, suivant l'habitude, porter le lait aux femmes. Mais son cœur était préoccupé; ses pieds le portèrent vers l'objet de son amour, et il fit boire Abla avant Samiya, l'épouse de son père Cheddad. Abla reçut l'écuelle de la main d'Antar, souleva son voile et l'éblouit de sa beauté qui fit pâlir les étoiles de la nuit. Mais Samiya fut violemment irritée. Elle eut mieux aimé mourir que de subir un tel affront. Et, depuis ce jour, elle voua au nègre une haine profonde.

CHAPITRE II

ʀ, il arriva qu'Antar, ayant de nouveau châtié par la mort le mensonge d'un esclave qui l'avait fait frapper par son père Cheddad, ne dut sa vie qu'à l'intervention du prince Malic qui le prit encore sous sa protection. Mais la colère fut extrême dans le cœur de Cheddad, et il confia son chagrin à ses frères Malec et Zakhmet.

« Je ne sais à quoi me résoudre, leur dit-il. Les actions de cet esclave noir m'inquiètent. Je crains qu'il ne finisse par tuer quelque seigneur puissant et répande ainsi le trouble dans la tribu.

— C'est vrai, répondit Zakhmet, et si nous n'y veillons, il nous jettera dans un extrême danger. Désormais, nous ne pouvons plus lui confier la conduite du bétail, et nous n'avons d'autre ressource que de le faire périr pour être en paix à son sujet. Laissons-le retourner aux pâturages; nous lui ôterons la vie dans quelque endroit écarté, et nous tiendrons l'affaire secrète. »

Lorsque Antar partit, ils le suivirent de loin. Antar poussa le troupeau au large dans le désert, et quand il fut seul, il se mit à dire des vers, se complaisant dans le souvenir d'Abla. Ce jour-là, il s'écarta fort loin des tentes. Tandis qu'il songeait, les larmes inondaient ses joues; car cette nuit même il avait vu en rêve l'image d'Abla, il avait baisé son visage par-dessus le voile et lui avait parlé.

Et ainsi, Antar parvint à une vallée nommée la Vallée des Lions, car ces animaux y abondaient. Là, les chevaux se dispersèrent de tous côtés et se mirent à paître. Antar était venu en ce lieu, parce que l'herbe y atteignait la taille d'un homme, et que pas un esclave de la tribu d'Abs n'eût osé en approcher à cause des terribles hôtes qui l'habitaient.

Il monta sur une colline, et promena ses regards dans toutes les directions. Et voici que du fond de la gorge sort un lion au large mufle, aux yeux étincelants, dont les rugissements ébranlent la vallée. Il s'avance, il s'arrête, robuste, large d'épaules, levant sa tête énorme.

Les chevaux ayant flairé son approche, prennent la fuite avec terreur, et les chameaux effarés s'échappent de toutes parts. A cette vue, Antar descend de la colline, le sabre nu à la main. Il aperçoit le lion aux griffes puissantes, qui se battait les flancs de sa queue.

Poussant aussitôt un hurlement terrible, dont les éclats de tonnerre firent retentir les montagnes :

« Sois le bienvenu, s'écria-t-il, ô père des lionceaux ; ô chien du désert, dominateur des bêtes sauvages ! Tu es fort, tu es puissant, tu es fier d'exciter l'effroi. — Mais je ne suis point semblable aux hommes que tu as rencontrés. — Tu as voulu m'effrayer par les rugissements ; et moi, je ne te tuerai point avec le sabre et la lance ; c'est de ma main nue que je te ferai boire la coupe du trépas. — C'est moi qui suis le vrai lion, le héros que redoutent les guerriers au jour de la bataille. — Lorsque ma main brandit le sabre au fort de la mêlée, les esprits des cavaliers tombent dans le délire. — Je ne songe point à la mort, alors même qu'elle est en face de moi. — Vois ! je jette le sabre ; mais prends garde à ces mains : c'est avec elles que je viens à toi, ô chien du désert ! »

C'est en ce moment que Cheddad arriva avec ses frères pour tuer Antar. Ils le virent attaquer le lion et entendirent ses paroles. Antar était tombé sur la bête fauve avec la rapidité

de la grêle; il la saisit aux mâchoires et lui fendit la gueule jusqu'aux épaules. Le lion expire, Antar le traîne par les pattes sur la pente de la colline; fait un monceau de broussailles et allume du feu avec deux morceaux de bois sec. Il fend le ventre du lion, rejette les entrailles, sépare les pattes antérieures et la tête, et met le reste sur le brasier. Quand la viande est cuite, il la retire et la mange. Son repas achevé, il va à la source, s'y lave; puis, venant au pied d'un arbre touffu, il place sous sa tête la tête du lion, ramène sur son visage le pan de sa tunique, et s'endort.

Pendant ce temps, son père et ses oncles, qui avaient observé avec attention toutes ses actions, ne disaient mot et se sentaient pénétrés de crainte.

« Voilà un prodigieux esclave, dit Zakhmet, bouleversé par ce qu'il avait vu. »

Là-dessus ils s'en retournèrent, et tous trois à l'envi vantaient la bravoure et la force du jeune nègre.

Le soir, lorsque Antar ramena le bétail des pâturages, son père l'accueillit en souriant, l'embrassa avec tendresse et le fit asseoir pour manger avec lui, tandis que tous les autres esclaves étaient debout.

Pendant qu'ils s'entretenaient, arrive un messager du roi Zohéir qui se présente à Cheddad, le salue et dit :

« Le roi Zohéir m'envoie vers toi pour te dire : « Prenez votre équipement de guerre, toi et tes frères. Car il médite une importante expédition et veut faire une rhazia chez les Béni-Témim. Demain, à la pointe du jour, il marchera vers leurs collines et détruira leurs habitations de fond en comble.

— J'ai entendu, j'obéirai », répondit Cheddad.

Et sur l'heure il s'empressa d'aller prévenir ses frères Chéiboub et Djérir, et tous les cavaliers qui l'avaient pris pour chef.

« Demain, dit-il à Antar, tous les guerriers de la tribu vont partir, et les tentes resteront sans défenseurs. Je te confie donc, à toi, nos demeures et les femmes. Quand les bergers iront aux pâturages, ne t'éloigne pas.

— Maître, sois sans crainte, répondit le jeune homme; je m'acquitterai dignement de la charge que tu me confies. »

A l'aurore, les Absiens équipés en guerre, armés de sabres et de lances, montèrent à cheval, et partirent avec le roi Zohéir qui marchait à leur tête. Lorsqu'il ne resta plus un seul cavalier dans le campement, les femmes, les filles, les esclaves se mirent à discuter ce qu'on devait faire. Samiya, l'épouse de Cheddad, ordonna de préparer un grand festin au bord de l'étang Zat-el-Arsat.

Les esclaves partirent en
avant, portant des tentes et
des provisions; on égorgea
des brebis et on fit rôtir
leur chair au feu des broussailles ramassées par les
femmes, puis on tira le vin
dans les jarres de terre.

Antar voyait avec joie
ces préparatifs de fête, parce
qu'avec les femmes se trou-
vait Abla. La fille de Malec était parée
de riches vêtements aux brillantes couleurs.
Empressé à la servir, Antar demeurait enchaîné
à sa noire chevelure. C'était le temps où la
terre souriait de sa beauté nouvelle, les étangs regor-
geaient d'eau, les fleurs paraient les hautes collines de
leurs mille couleurs. Sur les arbres, les oiseaux modulaient
leurs chants les plus doux. Vers le soir, lorsque les étoiles
s'allumèrent dans la douceur de la nuit, le son des instruments

de musique retentit. Les convives s'aban-
donnèrent alors entièrement à la joie, et les
jeunes filles se mirent à chanter en dansant.

L'animation répandait peu à peu des
roses sur leurs joues et les seins se gon-
flaient sous le voile. Des agrafes émaillées
brillaient sur leurs poitrines ; des cassolettes
d'argent suspendues à des colliers de corail
descendaient sur leurs tuniques flottantes,
leurs chevilles et leurs poignets étaient cer-
clés d'argent. Abla partagea le plaisir de ses
compagnes. Les yeux légèrement baissés,
elle souriait, montrant l'éclat de ses dents
entre ses lèvres rouges. Elle jouait avec son
écharpe de soie, et la senteur de son collier,
fait de musc et d'encens, se mêlait aux es-
sences parfumées de sa chevelure. Éperdu
d'amour, Antar, assis en un coin sombre,

contemplait la jeune fille. Peu à
peu les sons voilés des flûtes
s'éteignirent; un grand silence descendit sur la tribu endormie et, sous le
bleuissement de la lune, on n'entendit plus que les hurlements des chiens.
░░░░░░░░░░ L'aube incertaine éclairait déjà les tentes, lorsque tout
à coup le cri de guerre des Béni-Cahtan retentit dans la plaine : « Ia lé-
Cahtan ! Ia lé-Cahtan ! » Et soixante-dix cavaliers armés en guerre envahis-
sent le champ de la fête. Les assaillants enlèvent les femmes et les filles, les
chargent sur leurs chevaux et se hâtent de regagner les déserts. Un cavalier s'est rendu maître d'Abla, dont les larmes brûlantes coulent comme
une pluie d'orage et dont les joues sont couvertes de pâleur.

Antar, à ce terrible spectacle, cherche une arme autour de lui, et ne
découvre rien. Cependant il s'élance sur les pas des ennemis.

Il atteint le dernier cavalier, celui-là même qui emportait Abla, se précipite sur lui et l'arrache de la selle. Le guerrier, le cou rompu, rend le
dernier soupir. Antar s'empare de son cheval et de ses armes, et court
comme un torrent sur les autres ennemis. « Malheur à vous ! disait-il. Je
suis l'émir Antar, fils de Cheddad. Par le créateur des hommes, si vous ne

relâchez les captives, je séparerai vos têtes de vos épaules ! » Il attaque les retardataires. Déjà vingt braves gisent sur le sol, quand le reste de la troupe se retourne d'une seule bride et revient sur Antar.

Le cœur du héros est plus ferme que le roc ; son sabre accomplit les arrêts du destin. Il reconnaît le chef de la troupe, arrive à lui, et d'un coup de lance lui traverse la poitrine de part en part. Épouvantés, les autres abandonnent leurs captives, tournent bride et s'enfuient.

Lorsqu'on fut de retour au camp, Samiya, craignant les reproches de son époux, fit jurer à tous, femmes et esclaves, de cacher avec soin les événements de la journée. Antar prit le même engagement.

Peu de jours après, le roi Zohéir revint de son expédition ; il rapportait un riche butin, et les Béni-Abs étaient pleins de joie.

Le lendemain, Cheddad s'en alla aux pâturages, pour visiter ses troupeaux. En examinant les chevaux, il en vit plusieurs qu'il ne reconnut pas pour siens, et avec eux était Antar monté sur une jument noire qu'il conduisait comme un cavalier fier de sa monture.

« Malheureux ! dit Cheddad ; à qui appartient cette jument, et à qui sont ces magnifiques chevaux que je ne connais pas ? C'est donc pour dérober ainsi des bêtes d'élite à nos frères du désert que tu t'éloignes toujours du camp et que tu t'abrites, comme un brigand, dans les gorges et parmi les rochers inaccessibles ! »

C'étaient les che-
vaux des Béni-Cahtan
qu'Antar avait tués, et la jument était celle de leur chef.
Quant aux armes et aux harnachements, Antar les avait
cachés dans la demeure de son oncle. Mais le
nègre, fidèle au serment qu'il avait fait à
Samiya : « Maître, dit-il, j'étais aux pâturages, lorsque j'ai vu passer des
marchands qui conduisaient d'innombrables troupeaux; ils étaient inquiets
et craignaient l'attaque des cavaliers arabes. Je les suivais, j'ai trouvé ces
chevaux séparés d'eux ; je les ai pris et je suis revenu.

— Esclave maudit ! s'écria Cheddad. Ce ne sont point là des chevaux qu'on
ait abandonnés, et tu n'as pu les prendre qu'en tuant leurs maîtres. Sans
doute, misérable, tu auras massacré quelque voyageur qui passait. »

En achevant ces mots, Cheddad saisit Antar par le bras, le ramène aux
tentes et le livre aux esclaves qui, sur son ordre, enfoncent des pieux en
terre l'attachent et le frappent avec fureur.

« Désormais, dit-il, tu demeureras enchaîné, et tu n'iras plus aux pâturages. »

Mais Samiya a entendu la voix irritée de son mari; elle sort de la tente,
vient à lui, et les larmes aux yeux : « Émir Cheddad, dit-elle, c'est moi la
première que tes coups doivent atteindre ; car, j'en jure par Dieu, il n'a pas
mérité ce traitement. » Elle conte aussitôt tout ce qui s'est passé auprès de
l'étang Zat-el-Arsat. A ce récit, grandes furent l'admiration et la joie de
Cheddad. « Prodigieuse aventure ! s'écrie-t-il; et plus admirable encore
est sa constance à se laisser battre. » Puis, il coupa les cordes qui liaient
Antar et lui demanda pardon de l'avoir injustement maltraité.

Cheddad avait d'une autre femme que Samiya une fille nommée Méroua, mariée chez les Béni-Rhatafan à Djadjah, fils de Malic. Il arriva que ce cavalier voulut donner sa sœur à un homme de sa tribu. C'est pourquoi Méroua vint chez les Béni-Abs, pour inviter au festin de noces les épouses de son père et ses autres parentes.

Les maris ayant donné leur autorisation, elles partirent, portées dans des litières, et parées de bracelets, de colliers, de ceintures, de vêtements aux couleurs variées. Antar faisait partie de l'escorte. Mais il ne s'y était résolu que par amour pour Abla. Chaque fois qu'il aidait la fille de Malec à descendre de la litière ou à y remonter, il plaisantait avec elle et s'extasiait sur sa beauté. La route ne lui semblait

pas longue. Ils traversaient ainsi les déserts. Antar se tenait sans cesse auprès d'Abla et lui chantait des poésies qu'il avait composées pour elle.

Au moment où la caravane arrivait près du Vallon des Gazelles, une troupe de Mustalics ayant pour chef un nommé Ouétab, dont Antar avait tué le frère dans une rhazia, en sort à l'improviste et se précipite sur les Béni-Abs. Aussitôt des cris de désespoir s'élèvent parmi les femmes. Antar jette les yeux sur Abla et voit ses joues baignées de larmes. Il s'élance; Chéiboub le suit. En un instant la terre est couverte de cadavres. Le chef ennemi prétend venger la mort de son frère. Mais la lance d'Antar pénètre dans sa poitrine et sort étincelante par le dos. Les Mustalics découragés pren-nent aussitôt la fuite et se dispersent.

Antar retourne vers les femmes, il était couvert de sang comme d'un man-teau de pourpre. Abla l'accueille avec un sourire qui fait briller les perles

de ses dents : « Que Dieu te bénisse, dit-elle, ô face noire! ô cœur blanc! »

A quelque temps de là, après une expédition où Antar s'était signalé, le roi Zohéir se porta à la rencontre du vaillant nègre. Dès qu'Antar l'aperçut, il descendit de cheval et vint baiser le pied de Zohéir dans l'étrier. Le roi avait fait faire les préparatifs d'une grande fête et ordonné de dresser une magnifique tente de soie et d'or. Là, il reçut tous les nobles guerriers absiens. Antar demeurait mêlé aux esclaves; mais le roi l'appela et le fit asseoir à son côté. « Je ne mangerai, je ne boirai qu'avec toi », lui dit-il.

En effet, durant tout le festin, il lui versa à boire de sa propre main, et le traita avec les plus grands égards. Le soir, Antar et son père retournaient à leurs tentes, et leurs têtes ressentaient l'effet du vin, quand le jeune homme dit à Cheddad : « Mon maître, pourquoi refuserais-tu de m'accorder ce que je souhaite et de me reconnaître pour ton fils?

— Malheur à toi, misérable bâtard! s'écria Cheddad furieux. As-tu donc oublié le temps où tu menais le bétail aux pâturages? Vraiment, vil esclave, les bontés du roi Zohéir ont donc mis le trouble dans ton esprit, pour que tu veuilles me rendre un objet de risée dans la tribu? Va, maudit; je te retire mon affection. » En achevant ces mots, il tire son sabre pour le frapper.

Mais Samiya entend la voix furieuse de son mari; elle accourt avec des cris et des larmes. « Tue-moi d'abord, dit-elle, car je lui dois la vie. S'il t'a irrité par ses paroles, c'est l'ivresse seule qui a pu les lui inspirer. »

Ces supplications apaisent peu à peu le courroux de Cheddad, qui la suit dans la tente. Antar demeure quelque temps l'esprit troublé; puis il se décide à se rendre chez son ami l'émir Malic, fils de Zohéir.

« Maître, j'ai demandé à mon père de me reconnaître pour son fils; il s'est irrité contre moi, et a voulu me tuer. Ce n'est que pour avoir le droit d'épouser Abla que j'ai voulu entrer dans la famille de Cheddad. Et maintenant il ne me reste aucun espoir. Je n'ai plus qu'à m'en aller fixer mon séjour au milieu des bêtes fauves du désert. »

Aux premières lueurs de l'aurore, Antar monta à cheval sans rien dire, prit ses armes et s'éloigna. Il ne savait où diriger sa course; il s'en allait au hasard, ivre de douleur. Le soir, Malic espérait son retour; mais Antar ne revint pas.

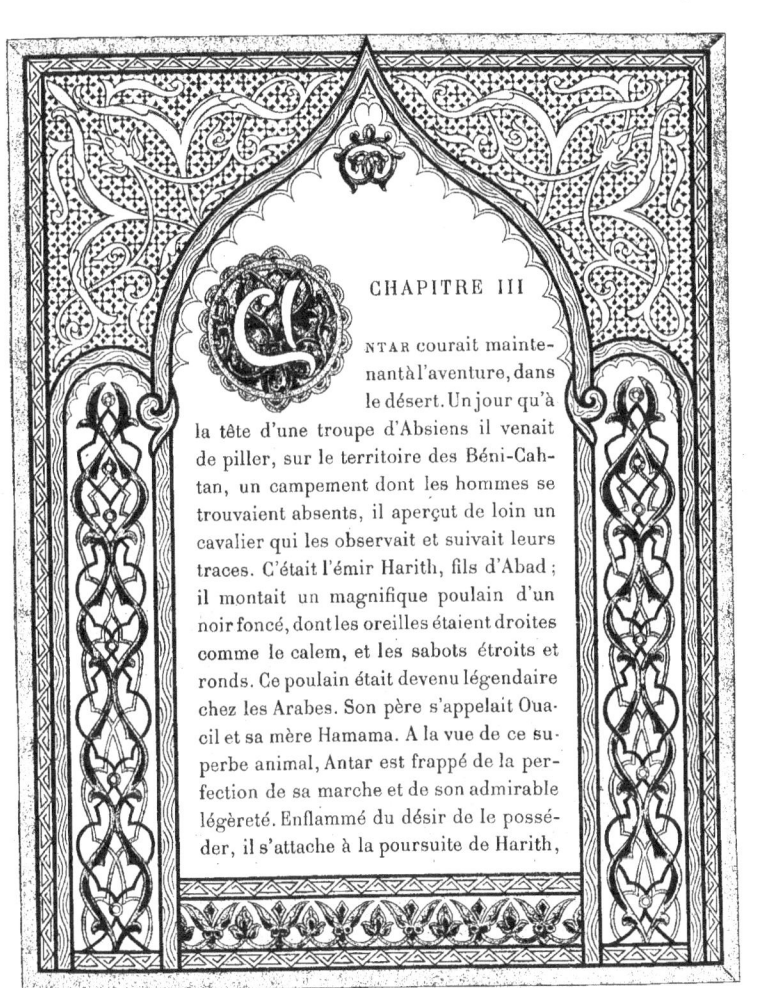

CHAPITRE III

NTAR courait maintenant à l'aventure, dans le désert. Un jour qu'à la tête d'une troupe d'Absiens il venait de piller, sur le territoire des Béni-Cahtan, un campement dont les hommes se trouvaient absents, il aperçut de loin un cavalier qui les observait et suivait leurs traces. C'était l'émir Harith, fils d'Abad ; il montait un magnifique poulain d'un noir foncé, dont les oreilles étaient droites comme le calem, et les sabots étroits et ronds. Ce poulain était devenu légendaire chez les Arabes. Son père s'appelait Ouacil et sa mère Hamama. A la vue de ce superbe animal, Antar est frappé de la perfection de sa marche et de son admirable légèreté. Enflammé du désir de le posséder, il s'attache à la poursuite de Harith,

qui n'en prend aucun souci, et se tient facilement à distance. Antar court derrière lui, stupéfait de ne pouvoir l'atteindre, car Harith était un cavalier renommé. Le fils de Cheddad, découragé, tourne bride, et revient sur ses pas. Harith s'arrête, puis recommence à suivre les traces des Béni-Abs. Antar court encore à lui ; mais le cavalier ne se laisse point rejoindre. Ce manège dura jusqu'au coucher du soleil. En ce moment, Harith avait, par ses évolutions, entraîné Antar fort en avant des Béni-Abs qui l'accompagnaient. Il s'arrête alors ; Antar l'accoste et lui dit : « Écoute-moi, noble cavalier. Tu n'as rien à craindre de moi ni de mes compagnons.

— Que désires-tu ? répond Harith.

— Veux-tu vendre ce poulain ou l'échanger, s'il est à toi ?

— Si tu me l'avais demandé dans un autre temps, certainement, je te l'eusse cédé, et j'y aurais même joint des chameaux et des chamelles ; mais le sang a coulé entre nous. Quel est celui qui livrerait son coursier quand il se trouve loin des siens, au milieu du désert, surtout un poulain de si noble race, qui, à l'heure du danger, sauve son maître, court, passe, vole comme le vent ? Il est marqué au front d'une tache blanche comme l'étoile du matin ; et sache qu'il porte le nom d'Abjer et qu'il fait l'envie de Cosroès, de César et du roi des Grecs. Pour moi, je suis un cavalier exilé de ma tribu depuis plusieurs printemps. Je me suis arrêté chez ces gens que vous avez pillés ; j'ai mangé à la table des guerriers de la tribu, j'ai passé sous leurs tentes des mois et des jours, et mon cœur est attaché à mes hôtes.

— Je désire avoir ce poulain; demandes-en le prix que tu voudras.

— C'est une bête hors de prix, dit Harith. Il me sera pénible de m'en séparer. Je le céderai pourtant en retour de tout le butin que vous avez ravi à ceux qui me donnèrent l'hospitalité. Et, sache-le, tu ne perdras point à l'échange, quand même tu le payerais de tout l'or de la terre.

— Soit, dit Antar; tout le butin que nous emportions te sera rendu. »

Harith accepte. Aussitôt il met pied à terre et livre Abjer au fils de Cheddad qui lui donne son propre cheval. Antar s'é- lance sur le dos du poulain,

plus fier que s'il eût acquis la souveraineté de la terre entière. Les deux cavaliers rejoignent les esclaves qui conduisent le butin. Antar leur ordonne de rendre la liberté aux femmes et aux captifs, et de livrer le bétail et tout ce qu'on a pillé. Ils obéissent ; les prisonniers devenus libres poussent des cris de joie, les femmes et les jeunes filles baisent ses étriers, et avec Harith tous se hâtent de reprendre le chemin de leurs habitations. Antar les suit des yeux, immobile sur le dos d'Abjer.

▓▓▓▓▓▓▓▓▓▓ Au point du jour, les cavaliers Absiens sont en selle, lorsqu'ils voient arriver de loin une litière de soie, surmontée d'un croissant d'or. En avant marchent des esclaves et des jeunes filles jouant du tambour ; derrière suivent des guerriers, leurs lances attachées à la selle.

Les Béni-Abs reconnaissent que ce brillant cortège est celui d'une nouvelle mariée, et bénissent l'occasion du butin qui leur est offert.

« Voilà, disent-ils, une proie que nous envoie le Seigneur du désert. »

Aussitôt, baissant la tête sur leurs selles, ils fondent sur les cavaliers de l'escorte la lance en avant. La résistance de ces cavaliers ne fut pas longue, grâce à la valeur d'Antar, et les Absiens restèrent maîtres de la litière et des esclaves. Un des guerriers Absiens s'approcha, écarta les rideaux de brocard et aperçut une jeune femme, les épaules couvertes

d'un manteau brodé, et le front paré
d'une rangée de perles semblables à
des étoiles. Ce ne pouvait être que la
fille d'un puissant émir. On interrogea les captifs. Ils répondirent :

— Elle s'appelle Amima, fille de Yézid, surnommé le Buveur de Sang,
chef de la tribu des Béni-Thay ; et l'époux à qui nous la conduisons est
Nakid, fils de Djellah, le défenseur des Béni-Maàn.

La jeune femme pleurait. On allait se remettre en marche, lorsqu'un
cheval fougueux, appartenant à un des guerriers absiens, ayant renversé
son cavalier, s'échappa sans que personne osât s'en rendre maître. Antar
aussitôt s'élance à sa poursuite, le rejoint, et comme la bête qu'il voulait
maîtriser lui faisait résistance et se cabrait, il la saisit, la soulève et l'écrase
contre terre. La force extraordinaire du nègre glace de terreur la troupe
des prisonniers, et remplit d'admiration le cœur des Béni-Abs.

Le lendemain, à l'aurore, un nuage de poussière paraît

à l'horizon. Bientôt les lances brillent, les sabres étincellent, et des cavaliers paraissent, montés sur leurs rapides coursiers. C'était Nakid, fils de Djellah. Ayant appris la captivité de celle qui allait devenir son épouse, il avait réuni à ses côtés cinq mille guerriers et était parti à leur tête. A la vue de cette armée, les Absiens se tournent vers Antar qui souriait.

« Personne, leur dit-il, ne saurait retarder ni devancer son heure. Que peuvent les lances et les sabres contre celui dont l'existence n'est pas venue au terme fatal ? Et maintenant, que les braves se disposent au combat et que les lâches aient recours à la fuite ! »

Il s'élance et se jette au milieu des
ennemis ; mais les Béni-Abs effrayés
s'enfuient et laissent Antar seul
dans la mêlée, frappant les coups et
transperçant les poitrines, avec des
bonds à renverser les montagnes.

« Ia lé-Abs ! Ia lé-Adnan ! crie
le fils de Cheddad. Je suis l'amant
d'Abla pour toujours. »

Mais les Béni-Maàn assaillent
Antar de tous côtés et lui ravissent
tout espoir de salut. Cependant il
ne cesse d'étendre les guerriers à
ses pieds ; il les égorge comme des
brebis ; sa lance nage dans le sang.

Mais la foule de ses ennemis ne diminue pas; son corps est couvert de blessures, le souffle lui manque, il n'espère plus. Il songe alors à sa patrie, aux tentes qu'il habitait et des larmes amères coulent de ses yeux.

« Tuez-le! » criaient les Béni-Maàn.

Antar, désormais peu soucieux de sa vie, chantait des vers à la louange d'Abla. Mais à ce moment une nouvelle troupe fait irruption sur le champ de bataille, conduite par un cavalier couvert d'une cuirasse dont l'or étincelle. C'était Malic, le fils du roi Zohéir. A la tête de cinq cents braves, il était parti à la recherche d'Antar, avait rencontré en route les Absiens qui fuyaient, et, en vue de l'armée ennemie, avait fondu sur elle.

Ce fut une horrible mêlée, un épouvantable carnage! Enfin les Béni-Maàn lâchèrent pied et s'enfoncèrent dans le désert.

Le prince mit aussitôt pied à terre et embrassa Antar. Puis, tous les Béni-Abs reprirent le chemin de leur tribu, poussant devant eux un butin immense, en chevaux, en esclaves des deux sexes, en guerriers captifs, avec la jeune Amima, la fille de Yézid, le Buveur de Sang.

Lorsqu'on fut proche de la terre de Chérebba, le cœur d'Antar se fondit aux souffles du vent qui venaient de la patrie. Le souvenir d'Abla mouilla ses yeux de larmes.

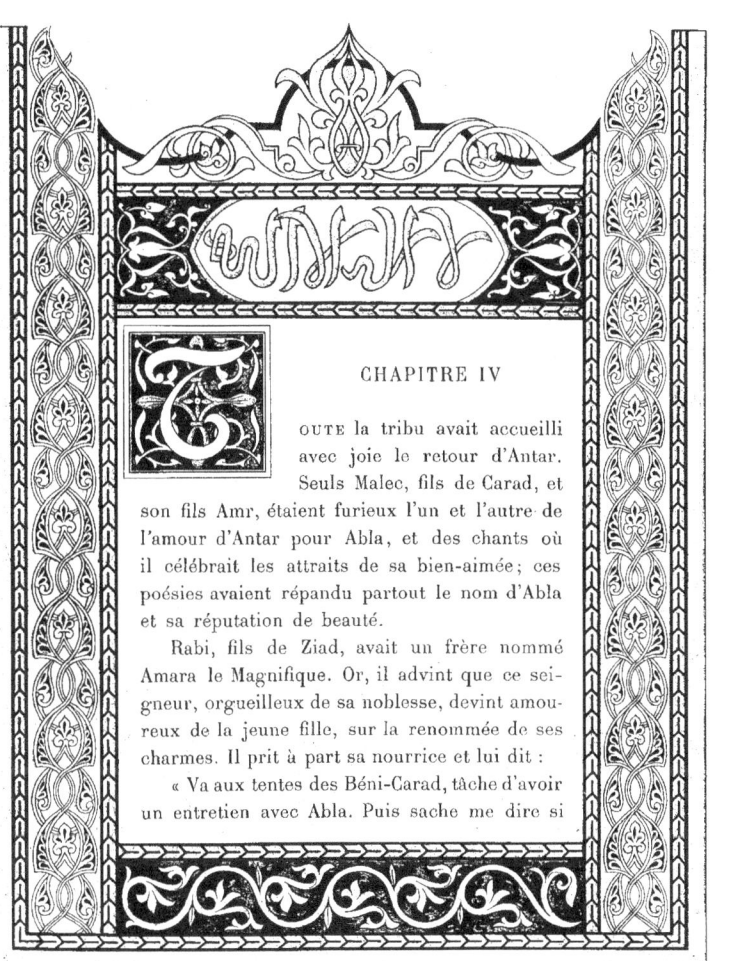

CHAPITRE IV

ᴏᴜᴛᴇ la tribu avait accueilli
avec joie le retour d'Antar.
Seuls Malec, fils de Carad, et
son fils Amr, étaient furieux l'un et l'autre de
l'amour d'Antar pour Abla, et des chants où
il célébrait les attraits de sa bien-aimée; ces
poésies avaient répandu partout le nom d'Abla
et sa réputation de beauté.

Rabi, fils de Ziad, avait un frère nommé
Amara le Magnifique. Or, il advint que ce seigneur, orgueilleux de sa noblesse, devint amoureux de la jeune fille, sur la renommée de ses
charmes. Il prit à part sa nourrice et lui dit :

« Va aux tentes des Béni-Carad, tâche d'avoir
un entretien avec Abla. Puis sache me dire si

cette vierge est digne d'un époux tel que moi, et si elle est aussi belle que le prétendent les chants passionnés que le nègre a composés en son honneur. »

La nourrice partit et se présenta à la tente de Malec. Abla se leva pour la recevoir, la traita avec civilité et s'entretint quelque temps avec elle. La vieille femme put contempler à son aise la grâce et la beauté de la jeune fille. Elle s'en retourna émerveillée.

« Seigneur, dit-elle à Rabi en arrivant aux tentes, quel beau visage! quelle taille élégante! quelle voix douce et harmonieuse! Ah! certes, Antar n'a pas menti, et Abla est encore au-dessus de ses éloges. Tu peux, sans hésiter, la rechercher en mariage, et donner, pour l'obtenir, tout ce que son père te demandera. »

A ces mots, Amara revêt ses plus beaux habits, se parfume le corps et natte ses cheveux qui retombent sur ses épaules; il prend un des chevaux de Rabi, son frère, avec une selle ornée d'or, et, se faisant suivre par un nombreux cortège d'esclaves, il se rend à la tente du père d'Abla.

Malec et son fils Amr étaient à cheval. Amara les salue. Ils veulent mettre pied à terre, mais le frère de Rabi les en empêche.

« Oncle, dit-il, viens te promener avec moi jusqu'à l'abreuvoir; je désirerais te faire une certaine demande qui exige le secret.

— Seigneur, répond Malec, que ne m'envoyais-tu quérir par un esclave, je me serais aussitôt rendu à tes ordres. »

Dès qu'ils sont seuls, Amara reprend : « J'ai entendu vanter ta fille ; vieillards et jeunes gens, dans nos tribus, tout le monde loue sa beauté. Je viens te la demander pour femme. Satisfais mon désir, et, à compter de ce jour, tes amis et tes ennemis seront les miens.

— Émir ! s'écrie Malec, à qui l'excès de la joie arrache des larmes, ma fille et moi, nous sommes tes esclaves. Je te la donne, tu es son époux. »

En même temps, il lui tend la main en gage de sa promesse.

Cette nuit même, Antar et le prince Malic, partis depuis quelques jours en expédition contre les Cahtanides, rentrèrent au camp, chargés de présents et de butin ; les femmes, les esclaves, les jeunes filles et les enfants, tous se portèrent à leur rencontre.

Antar, après avoir distribué toutes ses richesses aux membres de sa famille, se retira auprès de sa mère. Zébiba n'avait pas manqué d'apprendre l'entretien de Malec et d'Amara et la promesse de mariage échangée entre les deux seigneurs. Elle ne voulait pas troubler le repos de son

fils, en lui révélant ce secret ; mais Antar s'étant mis à lui faire mille questions au sujet d'Abla, Zébiba lui dit : « Mon fils, ne songe plus à cette jeune fille qui ne sera jamais à toi, car le père d'Abla l'a promise en mariage à Amara, fils de Ziad, qui n'a plus qu'à payer la dot, en chameaux et en chamelles. — Par le mois sacré de Redjeb ! s'écria Antar frémissant de douleur, s'il en est ainsi, le sort d'Amara est certain. Je le tuerai. »

Antar passa une nuit sans sommeil. Dès que le soleil parut, il se rendit aux tentes de Malic et lui conta ce qu'il avait appris. « Tranquillise-toi, s'écria le prince ; je vais aller trouver mon père, il fera venir Cheddad et le pressera de t'admettre dans sa noblesse. Alors, nous demanderons pour toi ta cousine en mariage et nous fournirons à ton oncle la dot qu'il lui plaira de fixer. » C'était la coutume, à cette époque, que le chef de la tribu fît chaque jour, à cheval, une promenade sur son territoire et visitât les pâturages avec ses gens. Au cours de cette tournée, le fils de Zohéir aborda Cheddad et lui dit : « Jusques à quand refuseras-tu de rendre justice au mérite d'Antar ? Toute la tribu te hait à cause de ta dureté à son égard. Écoute, et ne me refuse pas : déclare qu'Antar est libre du joug de l'esclavage. Sois généreux, et tu verras un jour que ton fils saura reconnaître ce bienfait. » Ces paroles firent briller la colère sur le visage de Cheddad. « Seigneur, s'écria-t-il, sais-tu un Arabe qui veuille déshonorer sa noblesse, en reconnaissant un bâtard, né d'une esclave noire ?

— Et toi, reprit Malic, sais-tu quelqu'un parmi les nôtres qui possède un fils comme Antar. Est-il au monde une femme, esclave ou libre, qui jamais ait donné le jour à un héros tel que lui ? »

Lorsque le fils de Cheddad connut le refus de son père :

« C'en est fait ! s'écria-t-il avec douleur. Par la foi des Arabes ! je ne monterai plus à cheval, je ne marcherai plus au combat. Plus de lance ! plus de sabre ! Je renonce à lutter pour vous, et je ne chercherai plus parmi vous ni père, ni oncle. Je fuirai loin de ces contrées ingrates. »

Le roi Zohéir était plein d'inquiétudes : Yézid, le Buveur de Sang, le père de cette Amima qu'Antar avait fait captive, après avoir tué son époux, avait résolu de délivrer sa fille et de marcher contre les Béni-Abs.

Les nouvelles de la rude guerre qui menaçait les Absiens avaient réjoui

Antar, qui savait bien qu'on aurait recours à lui. « Ne t'afflige pas, dit-il à sa mère ; mes désirs seront satisfaits, et j'aurai Abla en dépit de tous.

— Pour ce qui est d'Abla, répondit la négresse, elle ne demande qu'à t'appartenir. Aujourd'hui elle est venue me trouver. Elle pleurait de ce qui t'arrive : « Qu'il n'ait point d'inquiétude, m'a-t-elle dit, je n'oublierai jamais « son affection pour moi. » Antar, à ces mots, ne songea plus à ses chagrins et sentit sa poitrine s'élargir de joie.

✳✳✳✳✳✳✳✳✳✳ Le lendemain, dès l'aurore, les Absiens montèrent à cheval et sortirent du camp. Le roi Zohéir était à leur tête.

Zohéir espérait rencontrer ses ennemis. Mais la terre est vaste et les Béni-Thay avaient pris d'autres chemins. C'est pourquoi les troupes du Buveur de Sang arrivèrent sur le territoire d'Abs au lever du soleil, quand le roi Zohéir était loin déjà. Le père d'Amima conduisait douze mille hommes de toutes les contrées du Yémen ; la plaine regorgeait de guerriers, les pointes des lances obscurcissaient le ciel.

Quand les bergers découvrirent cette armée formidable, ils se hâtèrent de porter la nouvelle de cette terrible invasion. Aussitôt les Absiens demeurés au camp s'élancent à cheval, tandis que Chéiboub dit à son frère Antar :

« Poussons les chamelles aux pâturages. C'est aujourd'hui que tu acquerras la noblesse et la liberté. Garde-toi de combattre avant que ton père ne

soit venu lui-même te supplier et ne t'ait promis la complète satisfaction de tes désirs. »

Antar prit son bâton de chamelier, emmena le troupeau et monta sur le sommet d'une colline, pour observer ce qu'il adviendrait. Chéiboub l'avait suivi, conduisant le cheval Abjer tout équipé et chargé des armes d'Antar. ▓▓▓▓▓▓▓▓▓▓ Le combat s'était engagé. Les Béni-Thay arrivaient comme un torrent. Les Béni-Abs les reçurent à la pointe des lances. La terre trembla sous les sabots des coursiers, et la poussière voila la lumière du matin. Les Béni-Abs, accablés par le nombre, tournèrent enfin le dos et ne doutèrent plus de leur perte. Le massacre continua parmi les cordes des tentes, les chevaux foulaient aux pieds les cadavres.

Cependant Malec, père d'Abla, dit à Cheddad : « Où est ton esclave Antar, et pourquoi n'est-il pas avec nous en ce jour funeste ?

— Mon frère, répondit Cheddad, je l'ai tellement maltraité que je n'ose plus lever la tête devant lui. » En disant ces mots, il se retourne et aperçoit Antar qui fait paître les chameaux au sommet de la colline et observe le combat. Cheddad pique vers lui son cheval.

« Malheur à toi ! crie-t-il à son fils. Est-ce le jour de faire paître les chamelles, quand déjà les ennemis ont fait captifs nos enfants et nos femmes ?

— Que veux-tu de moi ? réplique Antar. Demande-t-on secours aux esclaves ? Va, mon maître, va t'adresser aux nobles, fiers de leur race, habitués à pointer la lance et à brandir le sabre.

— Je sais, dit Ched-
dad, que ton cœur est très
irrité contre moi. Mais va,
cours au combat, et, dès
ce jour, tu es libre.

— Non, dit Antar. Je ne compte plus au nombre des guerriers, et je ne
cesserai de marcher derrière le bétail, pour éviter les méchants propos.

— Combats aujourd'hui et je t'associerai à ma noblesse.

— Qu'est-ce que la noblesse ! dit Antar.

— Fils de la maudite, je dirai que tu es mon fils et le sang de mon sang. »

Tandis qu'Antar et son père échangeaient ces propos, les cavaliers du Yémen s'étaient rués sur les tentes ; ils massacraient les hommes, et les vierges
étaient entre leurs mains, et de toutes parts on entendait des cris. Abla se
lamentait, prisonnière d'un assaillant terrible ; emportée en croupe derrière
lui, elle se frappait le visage et ses joues se teignaient de sang.

« O Père des Cavaliers, dit Malec à son tour, vois ta bien-aimée captive,
elle que tu avais accoutumée à compter jusqu'ici, sur ta protection. »

Alors Antar répondit :

« Si à l'instant je charge l'ennemi, si je combats pour l'amour de ta fille
et la sauve, consentiras-tu à me la donner en mariage ?

— Oui, dit Malec. Je serai ton serviteur et ma fille sera ton esclave. »

A ces mots, le frère d'Antar, Chéiboub, lui amène son cheval Abjer et lui dit : « Monte à l'instant, mon frère, combats généreusement et ne refuse plus l'aide de ton bras, puisque tes désirs ont obtenu satisfaction. »

Alors le fils de Cheddad s'approche d'Abjer, qu'il baise au front, se met en selle, arrache sa lance de terre et du haut de la colline se rue, comme l'aigle, sur l'armée des Béni-Thay. Il atteint le cavalier qui emmenait Abla et s'élançait hors du camp. Il allait le frapper de sa lance, lorsque la flèche de Chéiboub atteint le ravisseur, pénètre dans le dos et sort étincelante par la poitrine. Antar calme les terreurs de la jeune fille, la remet aux mains de son père Malec, et, revenant aux ennemis, il fond sur eux comme un torrent, désarçonne les cavaliers, les massacre, et chasse les assaillants de l'enceinte des tentes. Cependant les Béni-Abs avaient repris courage, à la vue de leur héros, et leurs cœurs s'étaient raffermis. Ils revinrent au combat en poussant des cris de triomphe.

L'épouvante se glissa au cœur des Béni-Thay. Ils reculèrent jusqu'aux tentes, sans cesse refoulés par le sabre et la lance.

Le but de leur expédition était atteint : Yézid, le Buveur de Sang, avait

délivré sa fille, il l'emporta et s'enfuit loin du champ de bataille. Ses cavaliers le suivirent et se dispersèrent dans la plaine.

Cinq jours après, le roi Zohéir revint de son expédition. Il ne savait s'il retrouverait ses tentes debout, car il avait appris que les Béni-Thay avaient envahi la tribu par une route différente de la sienne. Mais il aperçut les membres de sa famille assis à l'ombre, aux bords de l'abreuvoir, et tous les Béni-Abs, plongés dans la joie et célébrant la valeur d'Antar. Cheddad lui-même présenta son fils au roi et lui apprit les événements qui avaient suivi le départ de l'armée.

Le lendemain, on fit un festin splendide, durant lequel Antar fut assis à côté de Zohéir et honoré parmi tous les nobles seigneurs.

Au milieu de la fête, Cheddad se leva, et d'une voix ferme :

« O roi, dit-il, les exploits d'Antar l'ont rendu digne d'entrer dans ma noblesse, et je ne puis refuser plus longtemps de le reconnaître pour mon fils.

A ces mots, le roi Zohéir se lève, embrasse Antar et s'écrie :

— Antar, tu es digne de la liberté. Ta gloire est supérieure à la gloire de tous les cavaliers. A compter de ce jour, tu es noble, je te reconnais pour mon cousin et tu fais partie de ma famille. Vous m'avez entendu, seigneurs d'Abs et d'Adnan! Vous tous qui connaissez ma noblesse, sachez qu'Antar la partage comme mes fils; il est mon compagnon, mon ami, mon cousin. »

DEUXIÈME PARTIE

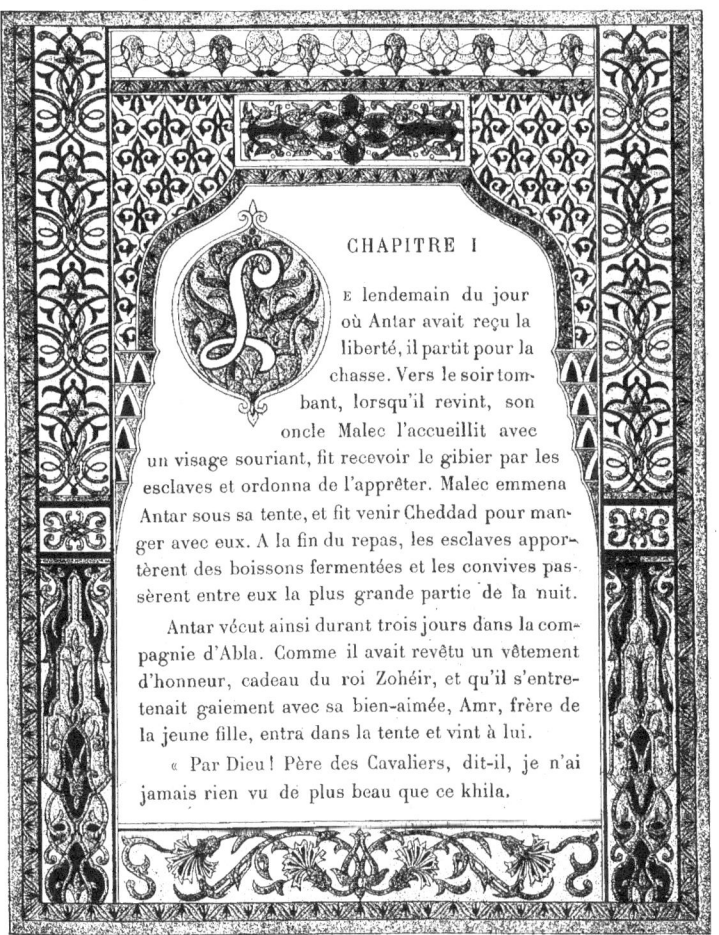

CHAPITRE I

E lendemain du jour où Antar avait reçu la liberté, il partit pour la chasse. Vers le soir tombant, lorsqu'il revint, son oncle Malec l'accueillit avec un visage souriant, fit recevoir le gibier par les esclaves et ordonna de l'apprêter. Malec emmena Antar sous sa tente, et fit venir Cheddad pour manger avec eux. A la fin du repas, les esclaves apportèrent des boissons fermentées et les convives passèrent entre eux la plus grande partie de la nuit.

Antar vécut ainsi durant trois jours dans la compagnie d'Abla. Comme il avait revêtu un vêtement d'honneur, cadeau du roi Zohéir, et qu'il s'entretenait gaiement avec sa bien-aimée, Amr, frère de la jeune fille, entra dans la tente et vint à lui.

« Par Dieu ! Père des Cavaliers, dit-il, je n'ai jamais rien vu de plus beau que ce khila.

Antar, comprenant le but de cet éloge, se dépouilla aussitôt du vêtement et le donna à son cousin, en disant :

— Fils de l'oncle, excuse-moi, ce khila est peu de chose. Mais le temps est long entre nous, et tu verras un jour quels seront les effets de mon affection. Amr le remercia et Malec lui dit :

— Fils de mon frère, Abla est ta servante; mon fils et moi, nous sommes tes serviteurs. Il n'est point parmi les Arabes de plus noble cavalier que toi. »

Antar, aux paroles de son oncle, ne garda plus aucun souci. Dans l'ivresse de sa joie, il ne crut pouvoir répondre à l'amitié de Malec qu'en lui donnant les habits qu'il avait sur le corps. C'étaient des vêtements de prix. Il les mit sur-le-champ entre les mains de son oncle, et demeura presque nu, se prosternant devant lui et lui baisant les pieds.

Lorsque Abla vit Antar ainsi, le corps noir comme l'ébène, et sillonné de larges traces laissées par les coups de sabre et les coups de lance qu'il avait reçus dans les combats, elle se mit à rire avec admiration.

« Pourquoi ris-tu ? demanda Antar.

— Je ris, en voyant sur ton corps les cicatrices de blessures auxquelles des éléphants n'eussent pas résisté. »

Sur quoi, Malec ren-
voya sa fille dans la partie de la tente réservée
aux femmes. On apporta d'autres vêtements dont Antar se couvrit.

Il vécut ainsi pendant neuf jours dans la demeure de son oncle, avec sa
bien-aimée Abla, mangeant les mets et buvant le vin vieux.

▨▨▨▨▨▨▨▨▨▨ Un soir, Malec, qui ne savait comment se dégager de
la promesse faite à Antar, le jour de l'attaque des Béni-Thay, retint le fils
de Cheddad dans la causerie jusqu'à ce que les femmes se fussent retirées.

« Père des Cavaliers, dit-il avec astuce, quelle est ton intention au sujet
de ma fille? As-tu renoncé à ta demande en mariage? Est-ce que tu ne
recherches plus Abla? ou bien prétends-tu la prendre violemment sans
donner une dot selon l'usage, et nous laisser éternellement déshonorés?

— Mon oncle, répondit Antar, je n'attends que ta parole. Dis ce que tu
désires. Demande-moi ce que ne pourraient te donner les rois de l'époque,
ni aucun cavalier d'Abs ou de Cahtan.

Et Malec, qui avait découvert le point où le sabre devait frapper :

— Mon fils, dit-il, je ne sortirai pas de la coutume des Arabes. Ils ne
veulent ni or ni argent, mais seulement des chamelles et des chameaux.
Je te demanderai pareillement mille chamelles de l'espèce Açafir; car on
n'en trouve point sur les terres du Hedjaz. »

Or Malec savait bien que ces chamelles ne se rencontraient qu'auprès de la ville d'Ira, sur le territoire du puissant roi Mounzir, vassal de Cosroès, et que, si Antar partait pour les conquérir, il était perdu sans retour.

— C'est bien, dit Antar, compte sur moi, tu seras satisfait ; je t'amènerai ces chamelles chargées des trésors de leurs maîtres.

De retour à la tente de sa mère, il éveilla son frère Chéiboub et lui dit d'ap-

prêter son cheval Abjer. Chéiboub obéit, et Antar se disposait à partir, quand Zébiba, tirée du sommeil, lui dit : « Mon fils, pourquoi te mets-tu en route, à l'heure où tu devrais te livrer au repos ? Où vas-tu, au milieu des ténèbres de la nuit ? Les hommes dorment, mais tes ennemis ont toujours les

yeux ouverts sur toi. — Ma mère, dit Antar, je vais conquérir la dot de ma cousine Abla. » Et, sans plus attendre, le fils de Cheddad poussa son cheval en avant, accompagné des vœux et des bénédictions de sa mère. Chéiboub marchait à ses côtés. Ils s'avancèrent dans les ténèbres, laissant derrière eux la tribu endormie. « Où allons-nous ? dit Chéiboub, afin que je te guide par les plus courts chemins. — Marchons vers l'Irac ; c'est là qu'abondent les troupeaux et les chamelles, c'est là que je trouverai sans doute le moyen de satisfaire à la demande de mon oncle. »

Chéiboub, qui connaissait la richesse de l'Irac et savait que le roi de ce pays était puissant parmi les rois de la terre, fut saisi de crainte en songeant aux périls où son frère allait exposer sa vie.

« Et pourquoi, lui dit-il, n'as-tu pas demandé l'aide du roi Zohéir et de son fils Malic ? Ce pays où tu veux aller est une contrée lointaine et pleine de mille dangers. — Marche, fils de l'adultère ! dit Antar, avec courroux, et tais-toi. Je ne demande de secours qu'au Maître des hommes, et je suis parti durant l'obscurité afin de tromper la haine de mes ennemis, car les Béni-Ziad ne songent qu'à me faire périr dans les embûches. »

Durant la route, pour tromper la longueur des jours, Antar chassait et Chéiboub rabattait vers lui les bêtes sauvages.

Après avoir traversé les plaines, ils arrivèrent en vue du territoire des

Béni-Chéiban, à une nuit de marche de la ville d'Hira. C'était une contrée florissante, riche en verts pâturages, en frais vergers et en sources d'eau vive. Ils virent se mouvoir de tous côtés, comme les ondes de la mer, les chevaux arabes aux couleurs variées, les chameaux et les chamelles suivis de leurs petits, les chèvres et leurs brebis, les esclaves, les serviteurs, les négresses aux cheveux crépus.

Les regards des deux voyageurs contemplèrent cette fertilité, ces richesses que Dieu avait accordées à l'Irac. Antar regardait avec admiration cette terre pure, blanche, lorsque ses yeux s'arrêtèrent sur une vallée magnifique. Les sources y coulaient avec abondance, semblables à des lingots d'argent, à des colliers de perles ; elle regorgeait

d'arbres chargés de beaux fruits,
de fertiles jardins, de ruisseaux,
de fleurs qui riaient de tous côtés et répandaient leurs parfums.

On y voyait ensemble le ros-
signol, le merle, la tourterelle,
la perdrix du désert et la caille.
Les pigeons, sur les branches,
chantaient les louanges de Dieu.
Les paons, dans leurs vêtements
splendides, étaient semblables
à de nouvelles mariées.

A ce spectacle, Antar comprit
que son oncle était un traître. Mais la bravoure lui embellit les dangers, et l'amour
lui cacha les périls. « Mon frère, dit Chéiboub, ces richesses montrent assez la
puissance du roi qui les possède.

— Cela est vrai, répondit Antar. Et il
ne nous reste plus qu'à agir avec prudence et à lutter contre le destin. Va, mon

frère, observe, informe-toi des chamelles Açafir, apprends soigneusement
à les distinguer des autres. Pendant ce temps je ferai reposer mon cheval
Abjer, et quand tu reviendras avec des nouvelles certaines, j'examinerai
avec toi ce qu'il convient de faire pour atteindre notre but. »

Tandis que son frère s'éloignait, Antar, s'abandonnant
aux doux souvenirs de sa terre natale et de sa bien-aimée cousine, se mit à
chanter : « J'ai quitté la terre de Cherebba et les Montagnes Heureuses ;
mais ses habitants vivent dans mon cœur et dans mes regards. — Quand
l'éclair brille du côté de leur terre, je m'attendris et le sommeil fuit mes
yeux. — Quand le vent souffle de là-bas, il m'apporte l'haleine des vierges à
la taille élancée. — O Abla, si ton image repose en songe au bord de mes
paupières et adoucit mon sommeil, peut-être un de tes regards tombe-t-il
sur celui qui meurt du chagrin de ton éloignement. — O Abla! mon amour
pour toi a diminué le nombre de mes amis et augmenté le nombre de mes
ennemis, mais que m'importe? — J'en jure par toi! je ne quitterai point le
dos de ma jument, mon épée et ma cuirasse, que je n'aie parcouru la terre
d'Irak et ses déserts afin d'y conquérir le don nuptial. »

Chéiboub, déposant son arc et son carquois, se revêtit de haillons, croisa
son bâton sur les épaules, à la façon des chameliers, et se dirigea vers les
pâturages. Le jour était avancé lorsqu'il y parvint.

Les esclaves virent la misère de Chéiboub et en eurent pitié ; ils tirèrent leurs provisions et le firent manger. A sa parole, ils le reconnurent pour un habitant du Hedjaz, et, à sa figure, pour un homme de la tribu d'Abs. Ils l'interrogèrent, et Chéiboub, plein de ruse :

« Je suis, dit-il, un esclave. J'ai fui la méchanceté de mon maître et me suis délivré de son injustice. — Demeure donc avec nous le reste de tes jours, dirent les esclaves. Passe ta vie dans ce pays. Nous dirons au roi Mounzir, notre maître, de te marier à l'une de ses négresses. Et tu seras alors pour toujours en sécurité sur cette terre. »

Chéiboub les remercia et passa avec eux la fin de la journée pour apprendre à distinguer les chamelles Açafir. Il vit ces merveilleuses bêtes, d'une parfaite blancheur, au poil soyeux, aux croupes grasses et arrondies. Il soupa avec les esclaves, puis il aida à ramener le bétail au campement. Et, quand la nuit fut obscure, il s'échappa. Il courut comme un léopard effrayé, rejoignit son frère et l'instruisit de ce qu'il avait vu et entendu. « Nous voilà, ajouta-t-il, dans le plus extrême danger. Confions-nous à

Dieu, lui seul peut maintenant nous protéger et nous sauver. — Ne sais-tu pas, lui dit Antar, que celui-là n'atteint jamais un rang élevé, qui manque de fermeté contre la mauvaise fortune ? »

Le fils de Cheddad attendit l'aurore, plein d'agitation et d'impatience. Et lorsqu'elle parut : « Sangle Abjer, dit-il à Chéiboub, et serre ta ceinture. » Chéiboub amena le cheval sellé et bridé, puis tous deux se dirigèrent vers les pâturages. Ils aperçurent bientôt les chamelles Açafir qu'on menait paître. Il y avait dix esclaves par mille chamelles, afin de les défendre des chameaux étalons. Antar laissa le troupeau se rapprocher de lui ; les esclaves, qui causaient, ne firent aucune attention au cavalier. « Mon frère, dit Chéiboub, voici les chamelles que tu veux conquérir. Montre maintenant ce dont tu es capable. — Bien, dit le guerrier. Va et coupe aux bergers le chemin de leur camp. N'en laisse pas fuir un seul qui puisse donner l'alarme contre nous. » Suivant les ordres de son frère, Chéiboub courut dans la plaine jusqu'à ce qu'il fût en arrière des esclaves. Là, il se reposa sur les genoux et vida son carquois devant lui, sans que les bergers y prissent garde, occupés qu'ils étaient à leurs jeux. Antar, voyant l'instant propice, pousse son cheval au milieu du troupeau ; avec sa lance il sépare un millier de chamelles et crie aux esclaves :

« Malheur à vous, fils de l'adultère, poussez devant moi ces chamelles, si vous ne voulez que mon sabre se teigne de votre sang. »

A ces paroles, les esclaves du roi Mounzir se précipitent vers le cavalier ; mais sa haute taille les terrifie, sa large figure les épouvante.

« Qui es-tu ? dit le chef des bergers, ô toi qui as marché vers la tombe.

Ne sais-tu pas que ces chamelles appartiennent au roi Mounzir, seigneur du territoire inviolable !

— Honte à ta mère et à la mère du roi Mounzir ! » s'écrie Antar.

Et d'un coup de sabre il lui tranche la tête. D'un second coup, il fend le ventre d'un autre berger. A la vue des actions de ce héros effroyable, aux yeux sanglants, les esclaves n'hésitent plus et poussent les chamelles devant lui avec terreur. Le tumulte retentit dans les pâturages. Tandis qu'une partie des bergers suit Antar, l'autre veut retourner vers le camp. Antar se rue sur eux comme un lion, et les laisse étendus, la face contre terre.

Chéiboub, de son côté, coupe le chemin aux fuyards ; leste et adroit, il court de l'un à l'autre et les perce de flèches, ne laissant fuir que ceux qui échappent à sa vue. Ensuite, il retourne vers son frère, se joint aux esclaves qui poussent le troupeau, et marche vers le nord, traversant les plaines et les vallées, se hâtant comme un homme qui fuit un péril imminent. Antar venait à l'arrière pour protéger la marche.

Ils avancèrent ainsi jusqu'au milieu du jour. Soudain, derrière eux, la poussière surgit et s'éleva de tous côtés ;
des bruits et des clameurs retentirent

Bientôt apparaissent des guerriers qui accourent de tous les points de l'horizon. C'étaient les hardis cavaliers de Cheiban qui, avertis par les bergers échappés aux flèches de Chéiboub, arrivaient, conduits par Noman, fils aîné du roi Mounzir, pour arrêter le ravisseur. Ils l'atteignent bientôt et fondent impétueusement sur lui, la bride abattue, la lance en avant.

Le fils de Cheddad observe cette cohue de guerriers et les éclairs des lances. Il se retourne comme un lion, tressaille de joie sur son cheval, sourit de plaisir. Il accueille les cavaliers comme la terre altérée accueille la pluie. Ils arrivent à lui, et, soudain renversés, jonchent la terre. Quand la foule des ennemis le presse, il les épouvante par ses cris, et ses rugissements mettent les chevaux en fuite.

Et voici que soudain, dans l'ardeur du combat, il pense à sa bien-aimée et improvise ces vers : « O Abla ! la mort semble douce au brave quand elle apparaît au bout des épées. — Que la terre de Cherebba et les Montagnes Heureuses sont loin, que tu es loin aussi et retournerai-je jamais vers toi ! — Comme les gemmes brillantes retiennent ta ceinture, l'éclair de ton regard me retient au bord du tombeau. — L'amour pousse l'homme à chevaucher les dangers et les terreurs. Celui-là seul excusera les amoureux, qui a goûté l'amertume du départ après la douceur de l'arrivée et les veilles des longues nuits. — Si je succombe, ô fille de Malec, que le Dieu de justice et de clémence veille sur toi tant que la clarté des astres resplendira dans l'obscurité des nuits. »

Environné de toutes parts, Antar lutte avec une vigueur à stupéfier le regard et la pensée. Mais, à la fin, ses épaules se lassent, ses bras s'alourdissent et son ardeur s'éteint. Le noble Abjer n'a plus la force de soutenir son cavalier ; il s'affaisse. Antar s'élance à terre, le cheval se redresse aussitôt, fend la cohue et s'échappe dans la plaine.

Lorsque Chéiboub vit Abjer fuyant, la selle vide, il crut qu'Antar, percé de coups de lance, avait perdu la vie. Les larmes inondèrent ses joues. Il prit la fuite pour regagner sa tribu ; les esclaves poussèrent de grands cris et excitèrent les cavaliers à sa poursuite. Chéiboub entendit sonner derrière lui les sabots des coursiers ;

il courut avec la rapidité de l'oiseau qui vole et s'enfonça dans les déserts.

Les cavaliers le suivaient à distance, sans le perdre de vue, mais sans pouvoir l'atteindre. La poursuite dura depuis midi jusqu'au soir.

Le fils de Zébiba parvint ainsi au pied d'une montagne, devant une caverne. A l'entrée, il vit un jeune homme imberbe, au visage brun. C'était un berger; un feu brûlait devant lui, et sur le feu rôtissait un morceau de viande. Tandis qu'il préparait son repas, ses moutons paissaient sous ses yeux.

« Jeune homme, lui dit Chéiboub, défends-moi. Je me mets sous ta sauvegarde : prends pitié de ton serviteur. Ton esclave est dans le plus grand danger et ses ennemis l'atteignent.

— Par Lat et Ozza, répondit le berger, je t'ai donné ma protection contre quiconque mange le pain et boit l'eau. Tu me verras massacré devant toi avant que je te livre à tes ennemis. Entre dans la caverne et sois en sécurité contre les méchants. Chéiboub s'était à peine réfugié dans la grotte que les cavaliers arrivèrent auprès du pâtre.

« Livre-nous, s'écrièrent-ils, ce démon qui a tué nos hommes et troublé notre repos. Fais-le sortir, afin que nous le percions de nos lances.

— Seigneurs, répondit le berger; il s'est mis sous ma sauvegarde, et je ne le livrerai point à son ennemi pour le voir massacrer à mes yeux.

— Allons! fais-le sortir, répliquèrent les cavaliers, ou sinon c'est ta vie que nous prendrons d'abord. Nous ne pouvons lui faire grâce; son frère a tué plusieurs de nos braves; et celui-ci ne peut être qu'un génie maudit.

— Nobles Arabes, dit le pâtre, si vos âmes se refusent à me l'abandonner, du moins faites avec moi un accord : éloignez-vous de l'entrée de la caverne, afin que je le fasse sortir de ma sauvegarde. Alors ce sera votre affaire à vous et à lui. Tuez-le, mais n'avilissez pas mon honneur, généreux cavaliers, en me forçant à violer mes serments de protection. — Soit, dirent-ils, nous te laisserons faire à ta guise. »

Le jeune berger entra auprès de Chéiboub et le trouva tremblant pour sa vie. « Ami, lui dit-il, tu as entendu ce qui m'est arrivé. Je ne puis te sauver qu'aux dépens de mon sang, et j'y consens de grand cœur. Dépouille donc tes vêtements et revêts les miens. Puis, va les trouver et dis-leur : « J'ai voulu faire sortir l'étranger de la grotte; il a refusé. Arrangez-vous avec lui. » Et, lorsque tu les auras vus mettre pied à terre et entrer ici, songe à ton salut et laisse-moi avec eux. Voici ma besace et mes provisions ; va à leur rencontre. Ainsi, du moins, je ne vivrai pas avec le déshonneur d'avoir livré mon hôte. » Chéiboub mit les vêtements du berger, prit son bâton et sortit de la caverne. La nuit le voilait de son obscurité.

Il fit comme lui avait dit le pâtre, et poussa le troupeau en avant. Les cavaliers marchèrent vers la grotte, et Chéiboub, délivré de ses ennemis, s'enfonça dans le désert. Les Béni-Chéiban mirent pied à terre, pénétrèrent
dans la caverne et amenèrent le jeune homme à la clarté du feu. Alors
ils reconnurent le berger, couvert des vêtements de Chéiboub.

« Malheureux ! dirent-ils. Qu'as-tu fait ? Comment t'es-tu dévoué à la
mort pour un étranger d'entre les plus vils Arabes ?

— Nobles seigneurs, répondit le jeune pâtre, il avait réclamé ma protection, je la lui avais donnée. Vous êtes venus pour le tuer ; j'ai imploré
votre miséricorde et vous avez rejeté ma prière. Je n'avais nul moyen de
vous résister. J'ai sacrifié ma vie pour sa rançon et je suis content de mourir
plutôt que de vivre déshonoré. Si vous m'accordez la liberté, je vous ren-
drai grâces ; sinon, faites de moi ce qu'il vous plaira. »

Les Béni-Chéiban, pénétrés d'admiration, ne voulurent pas tuer le pâtre
ni lui reprocher sa fidélité. Ils par-
tirent laissant là le généreux jeune
homme.

CHAPITRE II

EPENDANT Antar, après
avoir perdu son che-
val, avait continué à
pied le combat. Mais
bientôt il fut fait pri-
sonnier : on lui lia les
bras et les pieds, on l'attacha sur Abjer
repris dans sa fuite, et les Béni-Chéiban
le conduisirent devant le roi Mounzir.

Le jour tirait à sa fin ; le roi, avec sa
nombreuse escorte, revenait de la chasse,
lorsqu'on lui présenta le prisonnier.
Mounzir écouta avec surprise
le récit des exploits du
nègre ; il fut frap-
pé de sa prodi-

gieuse stature et de sa figure terrible. « Qui es-tu ? lui dit-il. Es-tu noble ?
Es-tu esclave ? — Seigneur, dit le fils de Cheddad, sache que pour les hommes
généreux, celui-là est noble qui pointe la lance, manie le sabre et se
montre ferme sur le champ de bataille. Je suis le médecin des Béni-Abs,
lorsqu'ils sont malades ; leur défenseur, lorsqu'on les insulte ; le protecteur des femmes, lorsqu'on les attaque ; je suis le cavalier dont ils se
glorifient, le sabre qui leur donne la victoire. »

Le roi Mounzir admira l'éloquence et la fermeté d'âme du héros, même
vaincu et enchaîné. « Et qui t'a porté, dit-il, à venir piller nos troupeaux ?

— C'est la perfidie de mon oncle, seigneur. J'aimais sa fille, et lorsque
je la demandai en mariage, il exigea de moi un don nuptial de mille chamelles Açafir. J'ignorais ce qu'étaient ces chamelles dont jamais je n'avais
ouï parler. Je consentis à sa demande, seigneur, et je partis pour les conquérir. J'ai poursuivi mon entreprise jusqu'à l'heure où je suis tombé dans
cette dure épreuve.

Mounzir était un homme juste et bienfaisant, adminis-
trateur habile, ferme et expérimenté.

C'est pourquoi le roi de Perse, Cosroès Anouchirvan, l'avait nommé son lieutenant et mis à la tête des Arabes. Mais, à la suite d'une aventure à la cour où, malgré la dignité de sa vie, son honneur avait été cruellement offensé, Mounzir avait levé contre son maître l'étendard de la révolte et s'attendait de jour en jour à voir les armées de Cosroès marcher contre lui. Or, le lendemain même du jour où Antar avait été fait prisonnier, on vit la poussière se soulever du côté de la terre des Persans, et, dans le lointain, les armures des Déilémites, jaunes et blanches, étincelèrent au soleil.

« C'est l'armée persane! s'écrie Mounzir. Elle approche. Vite! qu'on s'apprête au combat. »

Aussitôt il envoie des messagers pour avertir les Béni-Chéiban et toutes les tribus. Cependant les ennemis arrivent, poussant des cris, et leurs clameurs s'unissent dans le ciel. Les deux troupes se choquent, le sang coule comme une averse. Cosrouan, ennemi personnel de Mounzir, que Cosroès avait mis à la tête de l'armée persane, se rue dans la mêlée; il massacre, il égorge, pour guérir la rage de son cœur. Les guerriers de Mounzir tombent sous ses coups; il met les bataillons en pièces et jonche la terre de braves. Mounzir avait dix mille cavaliers; mais, avant le soir, quatre mille étaient morts, et le reste prit la fuite, serré de près par les ennemis.

La nuit venue, les Déilémites s'arrêtent et dressent leurs tentes.

Le roi Mounzir était rentré dans Hira, après sa dé-

route, éperdu, se mordant
les poings de remords. Aussitôt, il fit venir ses trois
fils Nôman, Amr et Zéid le Noir, pour tenir conseil et délibérer. A ce moment, un esclave entra dans la tente du roi, se prosterna devant lui, baisa la
terre et dit : « Seigneur, ce cavalier absien, dont tu nous as confié la garde
a entendu ce matin les cris de guerre. Il nous en a demandé la cause, et
nous l'avons instruit de ce qui se passait. — Conduisez-moi à Mounzir,
nous a-t-il dit, je lui donnerai un conseil pour vaincre ses ennemis.

— Qu'on l'amène, s'écria le roi. » Antar est conduit devant Mounzir,
qui ordonne de lui délier les pieds, et coupe de sa propre main les cordes
qui attachaient les épaules du captif. « Seigneur, dit le fils de Cheddad,
c'est avec une douleur profonde que j'ai appris comment vous aviez fui
devant ces chiens méprisables, et couvert les Arabes d'un ineffaçable déshonneur. Les guerriers devaient rester fermes au combat et mourir sous
les pieds des chevaux, plutôt que de se couvrir de honte par la fuite. Et
me voici, moi, devant toi, seigneur, qui sais toute mon histoire : accorde-
moi la dot de ma cousine, rends-moi mon sabre, mon cheval, mon équipement de guerre; donne-moi mille de tes cavaliers pour me seconder, et
observe ensuite comment nous traiterons l'ennemi sur le champ de bataille.

— Par la Câba! s'écrie Mounzir. Si tes actes répondent à tes paroles, si tu disperses cette armée, je te laisserai libre de choisir à ta fantaisie parmi mes biens, mes chamelles et mes chameaux. »

Il dit, et ordonne de rendre à Antar son cheval, et tout son équipement. 🟦🟦🟦🟦🟦🟦🟦🟦🟦 A l'aurore, des clameurs belliqueuses s'élevèrent du camp des Persans. Les Arabes sortirent à la rencontre de l'ennemi. Antar était à leur tête : « Par les yeux d'Abla! » s'écria-t-il. Et il fondit sur cette armée, avec des coups de lance dont la rapidité aveuglait le regard.

Le combat dura jusqu'au milieu du jour. A ce moment, les Persans tenus en échec se réfugièrent sous leurs tentes. Cosrouan était demeuré assis sous les enseignes, loin du champ de bataille.

Il vit ses gens, après de grandes pertes, regagner leurs tentes.

« Qu'est-ce là? Et qu'arrive-t-il? — Seigneur, c'est aujourd'hui le jour des Arabes, et nos yeux ont vu des prodiges. Nous avons été assaillis par un cavalier qui frappe sans relâche et ne tourne jamais le dos : s'il s'attache à un escadron, il le met en déroute; s'il frappe un guerrier, c'en est fait de lui. »

Cosrouan, à ces paroles, fut saisi de rage et il s'écria : « D'où vient ce cavalier? Quelle est sa tribu? — Nous ne savons, seigneur, ni d'où il vient, ni s'il est un Démon ou un Djinn. »

Aussitôt Cosrouan ramène ses Déilémites au combat. Il brandit une lourde masse d'armes, fond au milieu des cavaliers et anéantit une foule d'Arabes. La bataille dura terrible, sans relâche, jusqu'au déclin du jour. De toutes parts les chevaux erraient sans cavaliers, foulant les cadavres sous leurs pieds. A la nuit, les Arabes se réfugièrent dans leurs tentes; car le roi Mounzir avait fait dresser un camp hors des murs, dans une vaste prairie.

Dès l'aube, les troupes se mirent en mouvement et Cosrouan s'élança sur le champ de bataille. Un cavalier arabe l'avait précédé. Il se tenait entre les deux camps, armé pour le combat, un sabre pesant au côté, une longue lance sous la main. Sa monture était une cavale fauve comme l'or pur, à la queue touffue, au jarret vigoureux. Le cavalier courut dans l'arène en long et en large; il poussait des rugissements effroyables et montrait à tous sa figure, objet d'épouvante.

C'était Antar, fils de Cheddad.

Dès qu'il fut maître des mouvements de sa monture, il fit une charge sur l'aile gauche des ennemis, tua dix-neuf cavaliers, revint au milieu de l'arène et défia les Persans à grands cris. Aussitôt Cosrouan s'élança,

monté sur un cheval aux jambes robustes,
portant les rênes hautes, plus rapide que le vent du
nord. Le satrape tenait un bouclier et était couvert d'une cotte aux mailles
étroites comme des yeux de sauterelle. Il avait ceint un sabre redoutable.
Sous la cuisse, il retenait quatre javelines aiguës, et sa main brandissait
une pesante masse d'armes. A peine fut-il dans l'arène qu'Antar se jeta
au-devant de lui. Cosrouan lui tint tête avec fureur. Ils firent maintes
évolutions ; la poussière soulevée les dérobait parfois aux regards. Leur
hardiesse, leurs chocs terribles, leurs assauts merveilleux frappaient les
yeux de stupéfaction. Chaque fois que le Déilémite voulait écraser Antar
de sa massue, il se voyait deviné, reprenait du champ et redoublait de
ruses. Antar mêlait son souffle à l'haleine de son ennemi.

La lutte dura ainsi jusqu'au milieu du jour. A un moment, Cosrouan,
essoufflé, porta sa masse d'armes de la main droite à la main gauche, saisit
une de ses quatre javelines et la lança contre Antar en l'accompagnant d'un
cri semblable au fracas du tonnerre. L'arme sortit de sa main comme l'éclair
qui éblouit les yeux. Antar la vit venir, et, lorsqu'elle fut proche, il la
détourna habilement avec sa lance, et la javeline vola loin de lui. Les
autres javelines eurent le même sort. Alors Cosrouan, bouillant de fureur,
reprend son arme et vise son adversaire. L'énorme massue traverse l'air
et arrive sur Antar qu'elle eût écrasé, si le héros ne l'avait saisie au vol
et retenue dans la main, car Dieu l'avait doué d'adresse et de force. Il
la brandit à son tour et courut sur Cosrouan.

« Malheur à toi, maudit ! » lui cria-t-il.

Lorsque le chef persan avait vu son antagoniste saisir la massue en l'air, le ciel et la terre s'étaient évanouis à ses yeux. Éperdu, il tourna le dos, protégeant sa fuite avec son bouclier ; mais Antar le suit, le vise, et lance la masse d'armes, qui tombe sur le bouclier, plus lourde qu'un roc lancé par une machine de guerre. Elle renverse Cosrouan dans la poussière ; la mort du satrape est sans agonie.

A ce spectacle, les Persans se débandèrent et prirent la fuite, poursuivis par les Arabes jusqu'au moment où la nuit voila la terre. Les vainqueurs rentrèrent alors, Antar à leur tête. Le roi Mounzir vint au-devant du héros, et lui témoigna à la fois son admiration et sa reconnaissance.

« O Père des Cavaliers ! ajouta-t-il, tout ce que les Arabes ont conquis aujourd'hui, tout le butin est à toi sans partage ; car toi seul as gagné la victoire. Oui, tu prendras toutes ces dépouilles, et j'y joindrai des chamelles Açafir et la meilleure partie de mes biens, afin que tu puisses épouser ta cousine et que tous tes désirs soient satisfaits. »

Le fils de Cheddad se rendit ensuite à la demeure qu'on lui avait préparée, et déjà son cœur soupirait après Abla, la fille de son oncle.

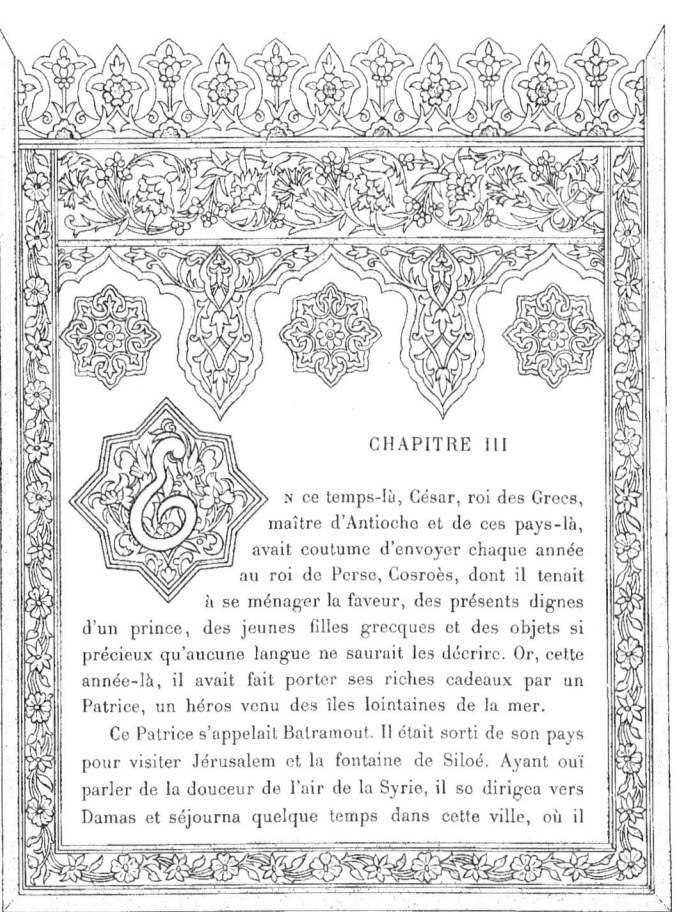

CHAPITRE III

ɴ ce temps-là, César, roi des Grecs, maître d'Antioche et de ces pays-là, avait coutume d'envoyer chaque année au roi de Perse, Cosroès, dont il tenait à se ménager la faveur, des présents dignes d'un prince, des jeunes filles grecques et des objets si précieux qu'aucune langue ne saurait les décrire. Or, cette année-là, il avait fait porter ses riches cadeaux par un Patrice, un héros venu des îles lointaines de la mer.

Ce Patrice s'appelait Batramout. Il était sorti de son pays pour visiter Jérusalem et la fontaine de Siloé. Ayant ouï parler de la douceur de l'air de la Syrie, il se dirigea vers Damas et séjourna quelque temps dans cette ville, où il

se mit en relations avec Harith le Magnifique, lieutenant du roi des Grecs sur les Arabes chrétiens. Durant ce séjour, il montra une bravoure éclatante, et se signala par une vaillance qui étonna les plus braves.

De là, le Patrice passa à la cour du roi César dont il fut l'hôte. Les cavaliers francs combattirent à leur tour contre lui et furent vaincus. Et le roi, désireux de le retenir à ses côtés, comme un rempart contre ses ennemis, lui donna sa fille en mariage et l'associa à sa souveraineté.

Donc, cette année-là, le Patrice arriva à la cour de Cosroès avec cinquante cavaliers de sa religion, dix prêtres et trois moines. Après avoir erré longtemps à travers les dunes arides, un matin ils aperçurent entre deux montagnes calcinées par le soleil le pays sur lequel s'étendait la domination du roi de Perse. Le lendemain ils étaient à la cour, et, lorsque le Patrice fut mis en présence du souverain, il lui dit :

« Seigneur, ce n'est point la coutume des rois d'envoyer des tributs, à moins qu'ils n'aient subi une défaite. Or je désire, moi, délivrer les chrétiens de cette humiliation. Je veux combattre tour à tour chacun des cavaliers qui te sont chers. Si je succombe dans l'arène, prends les richesses que j'apporte ; mais si je suis vainqueur, enlève à mon pays l'oppression du tribut sans nous forcer de recourir aux armes. »

A ces paroles, le prince fut pris d'une violente colère. Mais il se maî-
trisa et dit aux grands de sa cour : « A celui qui demande la justice, quelle
réponse faut-il faire? Donnez-lui un logement convenable, préparez sa
boisson et sa nourriture, et qu'il garde avec lui le tribut du roi César.
Demain matin, les guerriers se présenteront pour combattre avec lui dans
l'arène, et nous respecterons ses trésors, jusqu'au moment où il confessera
sa défaite. » Les cavaliers persans et déilémites furent instruits du nouvel
événement. A l'aurore, ils montèrent à cheval et se présentèrent en si
grand nombre que la lice en fut remplie. En ce moment paraît le Patrice,
bardé de fer. Les prêtres et les moines l'entourent, couverts de vêtements
somptueux et élevant des croix au-dessus de leurs têtes.

Les cavaliers se rangent sur une seule ligne, sous les yeux du Patrice.
On tire au sort, et le sort tombe sur un Déilémite robuste et vigoureux
qui se précipite sur Batramout. Celui-ci laisse approcher son adversaire, dégage son pied de l'é-
trier; puis, voyant le Déilémite

à sa portée, il le frappe d'un coup de talon qui jette le malheureux par-dessus la selle au milieu de la poussière. Les Persans stupéfaits consultent de nouveau le sort qui désigne un des plus braves.

Il s'avance, brandissant une masse d'armes. Mais au moment où, le bras tendu, il pense atteindre le Patrice, Batramout le frappe sous les côtes avec le talon de la lance et le laisse gisant sur le sol. En effet, le chrétien était armé d'une lance énorme; mais il en avait arraché la pointe, s'étant imposé la condition, en présence de Cosroès, des prêtres et des moines, de ne point répandre le sang de ses adversaires. Avant la fin du jour, plus de soixante champions avaient été vaincus, et le Patrice joyeux s'en retourna, escorté des prêtres et des moines qui psalmodiaient les versets de l'Évangile. Durant quinze jours le Patrice triompha et les Persans furent abreuvés de honte. Cosroès, soucieux, tremblait que le chrétien ne reprît le chemin d'Antioche avec ses richesses, pour réjouir César du récit de ses exploits.

 Amr, fils de Néfila, et vizir du roi Mounzir, était un des vieillards les plus âgés de ce temps-là ; car il avait déjà vécu quatre cents ans. Les jours et les nuits avaient formé son expérience ; il était sage et savant. Il avait lu les livres et les histoires ; il connaissait la science des étoiles, le mouvement des astres supérieurs et la rotation des sphères célestes. A la demande de Mounzir qui, depuis sa victoire sur les Persans, redoutait la vengeance de Cosroès, le vieillard se rendit à Médaïn chez Moubédan, le grand vizir, pour le supplier de calmer la colère du roi et d'implorer la grâce des Arabes. Lorsque le fils de Néfila apprit de Moubédan l'histoire de Batramout et l'inquiétude de Cosroès, il instruisit à son tour le vizir des vaillantises d'Antar.

« C'est un héros incomparable, ajouta-t-il, et son bras seul est capable de délivrer ton maître de cet adorateur des Croix.

— Ce sera peut-être un moyen, dit Moubédan, de rétablir la paix entre les Arabes et les Persans. »

Il alla aussitôt trouver le roi pour l'informer de ces événements.

« O roi, dit-il, écris à ton lieutenant Mounzir, qui tient sous sa main tous les cavaliers des déserts. Dis-lui de t'envoyer un certain nègre qu'il a auprès de sa personne. C'est par lui que tu atteindras ton espérance ; car les cavaliers du Hedjaz sont des héros en combat singulier.

— Mais, dit Cosroès, le roi des Arabes est courroucé contre nous, et Cosrouan a marché sur Hira avec une armée semblable à la mer tumultueuse.

— O roi, Cosrouan est mort, et les débris de son armée nous sont revenus en désordre ; je t'avais jusqu'ici caché ce malheur pour ne pas augmenter tes inquiétudes. Maintenant la nécessité m'oblige à te le révéler.

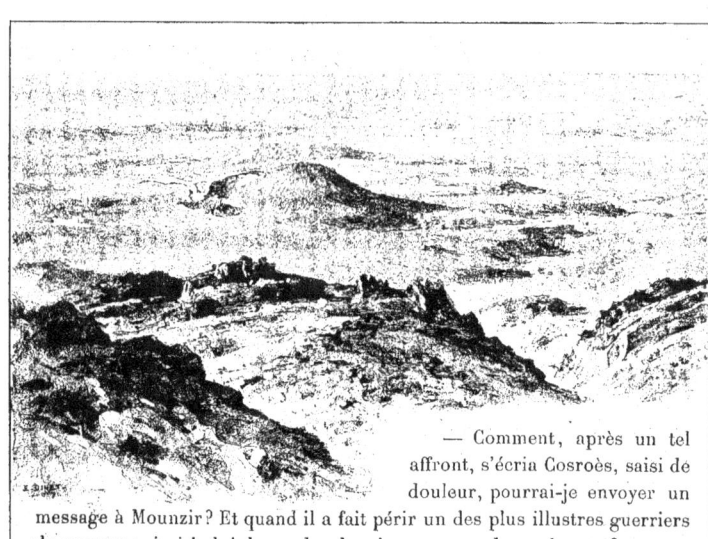

— Comment, après un tel affront, s'écria Cosroès, saisi de douleur, pourrai-je envoyer un message à Mounzir ? Et quand il a fait périr un des plus illustres guerriers du royaume, irai-je lui demander de m'envoyer un de ses braves ?

— C'est notre dernière ressource, dit Moubédan. Mounzir a auprès de lui un cavalier de la tribu d'Abs dont le monde entier ne pourrait fournir le pareil. Peut-être qu'il tuera Batramout et lèvera de nos cœurs l'angoisse qui nous oppresse. Je sais que Mounzir avoue sa faute, se repent et redoute nuit et jour l'effet de ta vengeance. Son vizir Amr est en mon logis, il est venu implorer ta miséricorde. L'homme, tu le sais, est sujet à faillir. »

L'irritation du roi s'était apaisée ; sa colère s'était refroidie.

« Père vénérable, répondit-il, je te confie le soin de terminer cette affaire. Fais-nous venir ce cavalier extraordinaire, et promets-lui de notre part tous les biens qu'il peut souhaiter. »

Moubédan reprit le chemin de sa demeure, et instruisit de tout le vieil Arabe. Amr, par un message, se hâta d'en informer le roi Mounzir. Cette missive fut confiée à l'aile d'un oiseau qui l'emporta vers Hira.

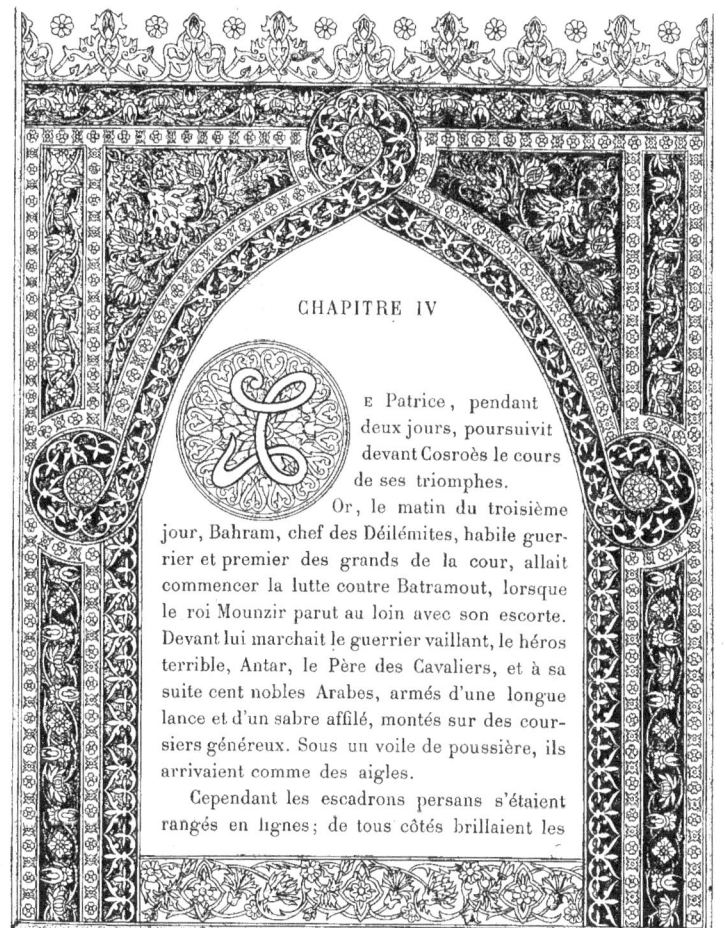

CHAPITRE IV

ᴇ Patrice, pendant
deux jours, poursuivit
devant Cosroès le cours
de ses triomphes.

Or, le matin du troisième
jour, Bahram, chef des Déilémites, habile guerrier et premier des grands de la cour, allait
commencer la lutte contre Batramout, lorsque
le roi Mounzir parut au loin avec son escorte.
Devant lui marchait le guerrier vaillant, le héros
terrible, Antar, le Père des Cavaliers, et à sa
suite cent nobles Arabes, armés d'une longue
lance et d'un sabre affilé, montés sur des coursiers généreux. Sous un voile de poussière, ils
arrivaient comme des aigles.

Cependant les escadrons persans s'étaient
rangés en lignes; de tous côtés brillaient les

sabres et les cottes de mailles, et l'or étincelait aux rayons du soleil.

Au premier rang, les Arabes virent l'escadron des Chevaliers du Brocart, ainsi nommés parce qu'ils étaient vêtus de soie aux couleurs éclatantes ; leurs têtes étaient coiffées de turbans surchargés de broderies, et leurs épaules ornées de réseaux de perles. Les Arabes traversèrent ensuite les rangs des Açaouira, qui portaient des bracelets d'or garnis de perles et de topazes. Puis ils passèrent devant les Couronnés, dont l'insigne était une couronne ornée de hyacinthes et de corail.

Alors le roi Mounzir et son escorte mirent pied à terre, par respect pour le roi Cosroès Anouchirvan. Ils se trouvèrent bientôt au milieu des officiers, des satrapes et des vizirs. Tous les Persans, frappés de la haute taille et du terrible aspect d'Antar, fixaient les yeux sur le héros qui observait, avec non moins de surprise, la richesse de leurs costumes.

Aussitôt que Mounzir fut en présence du roi de Perse, il se prosterna et fit des vœux pour la prospérité de l'empire. Ainsi firent les Arabes. Antar mit le genou en terre, et, relevant la tête vers Cosroès :

« O roi, dit-il, qu'Allah t'accorde une longue vie et te conserve sur le trône autant que dureront le jour brillant et la nuit sombre ; car tu es le soleil des Persans et des Arabes ! »

Pendant qu'il parlait de la sorte, le roi le regardait avec le plus grand étonnement ; puis il interrogea Moubédan qui lui répondit :

« C'est ce nègre qui a tué Cosrouan et mis son armée en déroute ; il combattra le champion grec et tous ses compagnons, et je te jure qu'il les vaincra tous dans l'arène.

— S'il fait cela, dit Cosroès, nous oublierons sa faute. Fais donc reposer nos hôtes, et qu'on leur serve en abondance à boire et à manger. »

Cependant Moubédan voulait dresser des tentes, afin que les Arabes pussent dormir et prendre quelque nourriture ; mais Antar s'écria : « Non, certes ! je ne goûterai ni repos ni sommeil en ce pays que je ne me sois mesuré avec ce Patrice, et que je n'aie délivré le Roi Juste des soucis qui lui troublent le cœur. »

En même temps, il se remit en selle et se disposa à combattre. Cosroès, informé par Moubédan de la résolution d'Antar, s'avança pour être témoin de la lutte. Antar sentait ses entrailles se tordre d'impatience ; son sang frémissait dans sa poitrine comme la flamme dans le long embrasement d'une forêt. « Es-tu prêt ? » dit-il en s'avançant vers l'adorateur de la Croix.

Le Patrice lâcha les rênes de son cheval et pointa sa lance.

Antar fondit sur lui comme un lion, en chantant ces vers :

« C'est aujourd'hui que je donnerai la victoire au roi Mounzir, et que je montrerai à Cosroès ma vigueur et ma vaillance. — Je démolirai jusqu'à la base la colonne des Grecs, et mon sabre affilé tranchera la tête de Batramout. — Si tu t'appelles Batramout, les hommes me connaissent sous le nom d'Antar. — Ma couleur est celle de la nuit, et ma bravoure est éclatante comme le jour. — Qui nierait mes exploits, aussi brillants que le soleil ? — Je suis le cavalier unique parmi les mortels. »

Il se tut. Le Patrice courait sur lui avec sa lance d'une longueur démesurée. Les deux rivaux se heurtèrent : on eût dit le choc de deux montagnes.

Antar était noir comme les ténèbres, et ses yeux rouges comme
deux éclairs. Et le Patrice, grand, gros, la tête enfoncée dans les épaules,
avait la peau blanche et des yeux bleus qui roulaient dans leurs orbites.

Ils combattirent quelque temps, ensevelis sous une poussière épaisse.
Batramout reconnut la supériorité du nègre. « Allons, se dit-il, c'est
l'heure de manifester toute ma puissance. »

Et, se précipitant sur l'Arabe, il lui porta un coup furieux. Mais Antar,
l'évitant, frappa adroitement la lance de son ennemi et la brisa en deux.
Puis, au moment où le Patrice, emporté dans son élan, passait à côté de
lui, il se retourne et, de son arme, il frappe son adversaire entre les deux
épaules avec une telle force, qu'il le désarçonne. Il accompagna ce coup
d'un cri terrible; mais, dédaignant de poursuivre Batramout, il le laissa
achever sa carrière. Les cavaliers témoins de cette passe étaient muets de
stupéfaction; et Mounzir tressaillit de joie, voyant bien qu'Antar avait
épargné son ennemi et n'avait pas voulu le tuer.

Cependant, la vue des hauts faits d'Antar avait éveillé la jalousie dans
le cœur de Bahram, chef des Déilémites. Il était plein de ressentiment
contre le nègre qui l'avait empêché de reprendre sa lutte avec le Patrice,
et qui avait tué son frère Cosrouan.

Fou de rage, il résolut de tuer les deux champions, afin d'élever sa gloire au-dessus de toutes les gloires. Le traître attendit le moment où les deux adversaires aux prises croiseraient les pointes de leurs lances.

Le Patrice, se tenait sur ses gardes, et cherchait à prolonger la lutte pour fatiguer Antar. On atteignait le milieu du jour ; les escadrons frémissaient dans l'attente et l'inquiétude, lorsque enfin les deux héros prirent du champ et fondirent l'un sur l'autre comme deux béliers. C'est l'instant que saisit Bahram. Il se précipita soudain, brandit un javelot, et le lança haineusement contre le meurtrier de son frère.

« A toi ! » cria-t-il d'une voix retentissante.

Mais Antar, au plus fort du combat, ne cessait de promener ses regards autour de lui et d'observer les cavaliers persans et déilémites ; car il se sentait étranger, entouré d'ennemis. Il avait aperçu le mouvement de Bahram et pénétré son dessein. Et quand le javelot partit des mains du traître, alerte et prompt comme l'éclair, il saisit le trait au vol, et se retournant vers le Patrice stupéfait, il lui frappa la poitrine avec cette arme, qui, dans un flot de sang, sortit étincelante par les vertèbres du dos.

Lorsque le roi de Perse vit la félonie de Bahram, il

frappa ses mains avec douleur, tremblant
pour la vie du valeureux Arabe. Mais, à la vue
du prodigieux exploit d'Antar, son âme se
rasséréna, et, dans le transport de sa joie :

« Bien frappé, ô lion noir ! » s'écria-t-il.

Puis il accueillit Antar avec grâce, et lui
fit revêtir aussitôt un de ses propres khilas.
A ce don, il joignit cinq chevaux de pure race
arabe, avec leurs selles d'or enchâssées de
perles et de pierreries ; puis, s'adressant au
vizir : « Qu'on remette à ce brave, dit-il, tous

les trésors du Patrice, les pierres précieuses, les jeunes filles esclaves, les diverses
litières et toutes les autres richesses envoyées par le roi César. Traitez-le
avec la plus grande distinction, et qu'il se présente demain à ma cour, après
la prière de midi, afin que je le comble de mes bienfaits. »

Moubédan installa Antar dans un logement superbe,
ainsi que Mounzir et ses cavaliers. On leur servit, dans de grands plats,
des viandes savoureuses et des mets de toute sorte. Le roi Mounzir laissait
éclater sa joie et félicitait celui qui venait d'élever la gloire des Arabes
au-dessus de celle des Persans. Cependant on avait apporté les coffres rem-
plis des trésors du roi César, et, le repas achevé, on les ouvrit sous les
yeux des Arabes. Antar fut ébloui à la vue de tant de richesses : or, perles
et joyaux. « Où sont tes yeux, Abla? dit-il, pour que tu voies tous les trésors
livrés au fils de ton oncle? » On amena bientôt les chevaux et les jeunes
esclaves grecques. Antar, à ce spectacle, ne put contenir sa joie.

« Oh! l'heureux voyage! répétait-il en baisant la poitrine et les mains de
Moubédan qu'il ne se lassait pas de remercier. C'est de toi seul, ô mon
maître! que je tiens tous ces bienfaits.

— Illustre cavalier, dit le vizir, c'est peu que cela pour un héros tel
que toi; mais ces dons ne viennent pas de nous : c'est le bien du roi César
que tu as conquis par ton sabre et par ta lance. Tu verras bientôt quels
sont les présents du roi de Perse. »

Sur un signe de Moubédan, les
serviteurs rangèrent les vases et les
aiguières, dressèrent les tables du festin et servirent Antar, Mounzir et les
nobles Arabes de sa suite. Les convives
virent étaler devant eux des mets ex-
cellents, de la viande de mouton et de
volaille, des amandes grillées et diverses sortes de gâteaux faits de miel,
de sucre et de pistaches. Antar fut fort
surpris. Et quand le vizir se fut retiré :
« Seigneur, dit-il à Mounzir, est-ce que les princes mangent chaque jour
de tels aliments, ou bien sont-ce des friandises qu'on leur prépare une
fois chaque année ? Dans tout cela, je ne vois pas de viande de chameau,
et cette nourriture me semble bonne pour des enfants.

— Que dis-tu là, Père des Cavaliers ? répondit Mounzir en riant. Laisse
de côté l'ignorance et la grossièreté des habitants du désert, habitués à
boire le lait des chamelles ; car te voilà aujourd'hui bien avant dans la
faveur de ce roi illustre dont l'autorité s'étend sur la terre entière. »

Antar, honteux de son ignorance, se tut aussitôt, et mangea en silence
jusqu'à ce qu'il eut rassasié sa faim.

Les jeunes filles grecques circulaient avec des coupes de cristal. Elles
savaient qu'Antar était leur maître, cherchaient à lui plaire et s'empres-
saient autour de lui ; mais Antar ne tournait pas la tête de leur côté, parce

que son cœur fidèle ne contenait d'amour que pour Abla, la fille de son oncle.

🔲 Le lendemain de ce jour, le roi de Perse, suivi des grands de sa cour, de Mounzir et des Arabes, entra dans un magnifique jardin qu'il avait derrière le palais. Ce jardin renfermait des arbres fruitiers, réunis de toutes les parties du monde. Au milieu s'élevait un pavillon superbe qui montait jusqu'aux nues. Là vinrent se reposer le roi et ses gens.

Cosroès s'assit et prit Antar à son côté, le reste de la suite se rangea auprès d'eux. Les esclaves servirent un riche festin. Le roi négligeait les seigneurs persans pour offrir les meilleurs morceaux au vainqueur de Batramout et l'entretenir, avec sollicitude, des péripéties de la lutte.

Chacun se livrait à la joie. Mais l'émir Antar était là comme dans une prison; il songeait à sa lointaine patrie. Cependant le roi de Perse ne cessait de causer familièrement avec lui et de le questionner sur son pays et les causes de son voyage. Antar

lui apprit la conduite de son
oncle et toutes les peines qu'il
avait éprouvées. Il répétait souvent le nom d'Abla et ne cherchait pas à dissimuler l'état
de son cœur éperdu d'amour.

« O Absien! dit enfin Cosroès, t'eussé-je donné tout ce
que je possède, ce serait peu
encore. Mais parle, exprime tes
désirs, afin que nous acquit-
tions au moins envers toi une
partie de notre dette.

— Puisque la fortune gé-
néreuse, répondit Antar, m'a
conduit auprès de toi, ô roi,
l'esclave osera demander ce qui
le rendra le plus riche des hommes. Je veux en l'honneur

d'Abla donner à mon re-
tour un festin dont elle
puisse se glorifier, et dont
le bruit se répande en Égyp-
te, en Syrie et jusque dans
l'Irac. Et ce que je désire,
c'est que tu me donnes ta
couronne royale pour orner
son front dans la nuit des noces. — Tu t'es contenté de bien peu, réplique
Cosroès. » Il dit, et donne des ordres à un des chambellans. Celui-ci
sort et revient bientôt, suivi de quatre serviteurs qui portent une litière
en forme de coupole, ornée au sommet d'un faucon d'or dont les yeux étincelants sont deux rubis et les pieds deux magnifiques émeraudes.

« Prends cette litière pour ta cousine, dit le roi, et qu'elle lui serve dans
ses voyages. Prends cette couronne dont elle se parera le jour des noces.
Reçois enfin ce bandeau de pierreries. » En même temps, Cosroès ôta sa
couronne et son riche bandeau, et les offrit au nègre.

« Conserves-tu encore, lui dit-il, un désir au fond de ton cœur ? »

Antar, stupéfait à la vue de tant de merveilles, se prosterna, baisa plu-

sieurs fois la terre, et s'écria : « O mon maître, l'esclave se tait ; il n'a plus d'autre souhait à former maintenant que celui du retour dans sa patrie. »

Le roi se tourna vers son vizir et lui dit : « Tu as entendu. Tu veilleras à son départ, cela sous trois jours ; et, cependant, qu'il ne quitte point nos États sans revenir ici. Nous désirons le revoir avant qu'il prenne congé de nous. »

❀❀❀❀❀❀❀❀❀ « Seigneur, dit le lendemain le fils de Cheddad au vizir persan, pour mettre le comble à tes bontés, je voudrais que tu me fisses visiter les temples du Feu, afin que je voie comment on y adore votre Dieu, et que je

puisse à mon retour en faire le récit aux
autres hommes de ma tribu.

Sans plus attendre, Moubédan condui-
sit son hôte au temple. Là, Antar vit des
hommes demi-nus debout à la porte, qui
attisaient le feu avec des barres de fer et
qui récitaient les prières des Mages. Le
grand-prêtre, assis devant un feu de bois
d'aloès, psalmodiait en balançant la tête
et se prosternait devant le brasier.

« Mon maître, dit Antar, comment
pourrions-nous avoir dans nos pays un
feu semblable au vôtre? Vous l'entretenez
avec de l'aloès, de l'ambre gris et des
parfums; il lance des étincelles et répand
une fumée odorante plus agréable que
le musc. Mais nous, nous ne brûlons que
de la fiente de chameau, de la bouse de
vache et des broussailles, dont la fumée
trouble la cervelle et aveugle les yeux. »
Moubédan sourit et ne douta plus du ferme
attachement d'Antar au culte des idoles.

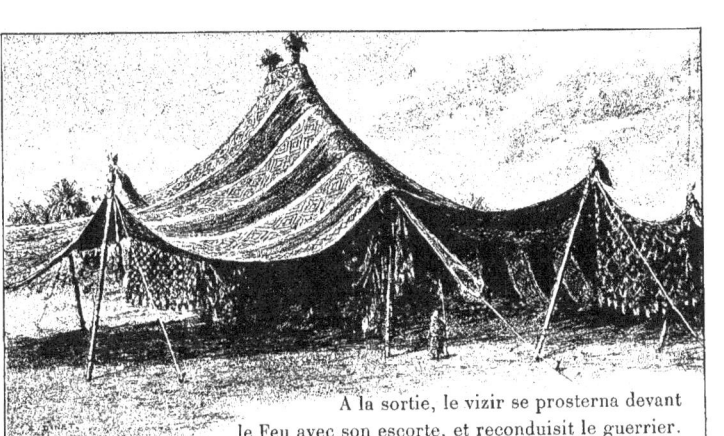

À la sortie, le vizir se prosterna devant
le Feu avec son escorte, et reconduisit le guerrier.

Lorsque les trois jours fixés par Cosroès furent écoulés, Antar demanda la permission de retourner vers sa tribu. Mounzir fit aussi connaître au Roi Juste le violent désir qu'il éprouvait de rejoindre les siens. Cosroès autorisa son départ, après lui avoir largement témoigné sa libéralité. Parmi d'autres nombreux présents, il lui fit don d'une tente merveilleuse, qui faisait la charge de quarante chameaux.

Le quatrième jour, les serviteurs sortirent les coffres, amenèrent les bêtes de somme, et disposèrent tout pour le voyage. Enfin Antar se mit en route pour regagner la terre de Chérebba. Le roi Mounzir chevauchait à son côté. Ils traversèrent les déserts, et, pour charmer les ennuis du chemin, ils chantaient des poésies et s'entretenaient de mille choses.

Ils parvinrent ainsi sur le territoire d'Hira, et furent accueillis par les fils du roi et une escorte de cavaliers qui vinrent à leur rencontre, enseignes déployées, drapeaux au vent. Mounzir reçut Antar dans son propre palais, et lui offrit un festin splendide.

Le héros absien demeura trois jours dans la ville d'Hira, comblé d'honneurs et de bienfaits; puis il voulut partir. Le généreux prince lui donna mille chamelles Açafir, cinq cents chameaux chargés des richesses de l'Irac,

et cinquante chevaux de race avec leurs harnachements. Il joignit à cela cent esclaves des deux sexes, dont le chef se nommait Hemmam, le Père de la Mort. « Père des Cavaliers, dit Mounzir, quand tout fut prêt, je crains que tu n'aies pas assez de gens pour protéger ton voyage et te conduire en ton pays. — Quoi ! s'écria le fils de Cheddad, un guerrier tel qu'Antar a-t-il besoin de défenseurs ? Par Dieu ! quand même les montagnes se rueraient sur moi sous la figure humaine, je saurais bien m'en défendre et les repousser. » Lorsqu'ils atteignirent les dunes sablonneuses, Mounzir l'embrassa et lui fit ses adieux ; il voulait l'accompagner à quelque distance, mais Antar ne le souffrit point.

Le héros partit à travers les plaines et les collines, et devant lui les esclaves poussaient les chameaux chargés de ses trésors. Il brûlait de fuir l'Irac et d'atteindre le Hedjaz ; il avançait, aspirant les bouffées de vent et cherchant à y retrouver quelque parfum venu de la terre de Chérebba.

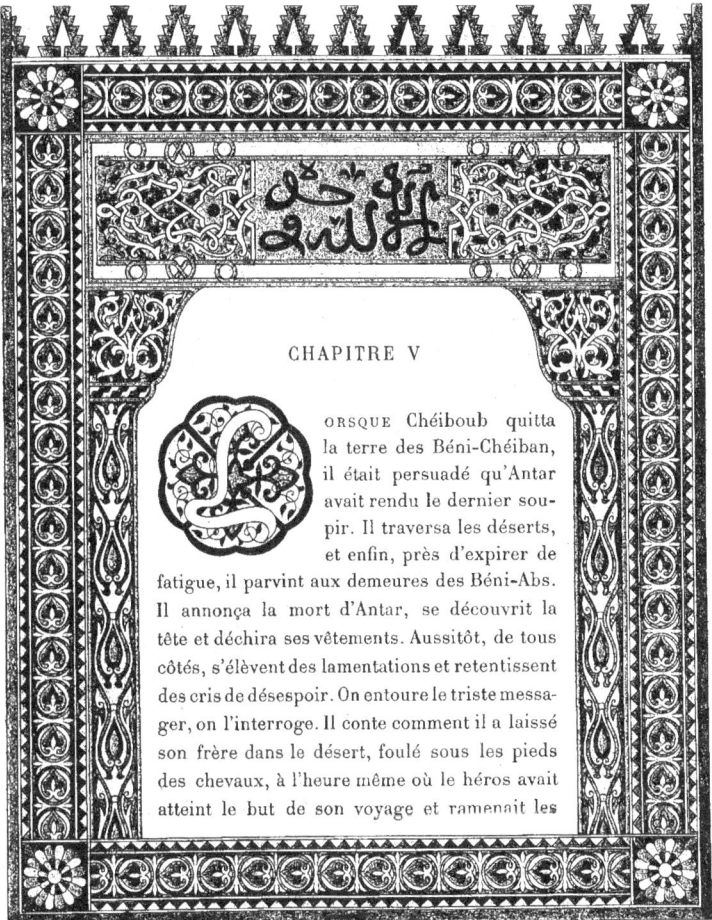

CHAPITRE V

ORSQUE Chéiboub quitta
la terre des Béni-Chéiban,
il était persuadé qu'Antar
avait rendu le dernier soupir. Il traversa les déserts,
et enfin, près d'expirer de
fatigue, il parvint aux demeures des Béni-Abs.
Il annonça la mort d'Antar, se découvrit la
tête et déchira ses vêtements. Aussitôt, de tous
côtés, s'élèvent des lamentations et retentissent
des cris de désespoir. On entoure le triste messager, on l'interroge. Il conte comment il a laissé
son frère dans le désert, foulé sous les pieds
des chevaux, à l'heure même où le héros avait
atteint le but de son voyage et ramenait les

chamelles qu'il avait conquises. Il dit comment le malheureux guerrier
avait lutté jusqu'au moment où, son cheval s'étant abattu, il fut accablé par
le nombre. Le bruit de ce trépas funeste parcourt toute la tribu. En l'apprenant, Cheddad, en signe de deuil, coupe les cordes de ses tentes.
Ainsi font son frère Zakmet, ses amis et le fils du roi Zohéir. Le lendemain, tous ces guerriers affligés viennent ensemble visiter Cheddad.

Le prince Malic se rend aux tentes du roi, son père, et lui annonce la
mort d'Antar. Il envoie quérir Chéiboub et apprend de sa bouche les détails
de ce funeste événement. « O roi, dit le fils de la négresse, Abla et son père
ont été bien fatals à Antar et aux Béni-Abs, et ce malheur retombe sur
notre tête à tous ! » Le roi s'enquiert de Malec, père d'Abla, il veut le punir
de sa perfidie. Mais on lui répond :

« Malec et son fils Amr sont
partis, ne laissant que les femmes

dans leurs tentes. Abla a déchiré ses
voiles ; les cheveux épars, au milieu de ses
compagnes, elle ne cesse de pleurer et de se frap-
per le visage, au point que les roses de ses joues sont devenues semblables
aux fleurs du grenadier. Vêtue de laine grossière, elle s'assujettit aux rudes
travaux des esclaves. Souvent elle trait les chamelles et prépare le beurre ;
d'autrefois, égarée par la douleur, elle va, loin des campements, recueillir
le bois mort et la fiente des chameaux. »

En effet, lorsque Antar s'éloigna de la tribu et partit
à la conquête des chamelles Açafir, le père et le frère d'Abla furent en
butte aux injures et aux malédictions des grands et des petits.

« Ah ! disait-on, vous avez envoyé le défenseur des Béni-Abs dans les
mers du danger, et vous nous avez laissés exposés aux rhazias des Arabes.
Mais si notre cavalier boit la coupe de la mort, votre vie paiera la sienne. »

Ainsi malmené, Malec se décida à quitter le camp avec son fils, pour
aller courir les plaines. Quinze cavaliers le suivirent, espérant trouver
dans les déserts quelque occasion de pillage.

Or, il advint qu'au cours d'une expédition, ils tombèrent entre les
mains de Ouakid, fils de Mouçar, de la tribu des Béni-Kenana.

« Je devrais vous faire périr, toi et tes compagnons, dit Ouakid ; mais

quelque chose peut vous
sauver la vie. Je sais que tu as
une fille nommée Abla, d'une incomparable beauté. Eh bien ! donne-la-moi
en légitime mariage, sinon votre mort à tous est assurée. »

Le père d'Abla, assuré désormais de recouvrer la liberté, répondit :

« Puisque tu l'exiges, je partirai avec mon fils pour essayer de te donner
satisfaction. Tu garderas mes compagnons auprès de toi : dans dix jours,
je reviendrai. Et, si je manque à ma parole, frappe tes prisonniers, et que
je demeure seul chargé de la dette de leur sang devant leurs familles. »
░░░░░░░░░░░ Les deux Absiens marchèrent nuit et jour et parvinrent
un soir aux habitations, au moment où la nuit commençait à tomber. Ils
trouvèrent la tribu dans le désespoir. A l'intérieur de sa tente, Malec
entendit la voix de sa fille Abla qui, dans l'excès de son chagrin, soupirait
et disait ces vers, entrecoupés de larmes :

« A toi mes regrets, Antar. Tu es demeuré sur la terre, le corps saignant
de blessures. — Tes envieux ont causé ta perte, et l'envie qui les brûlait au
cœur est éteinte depuis qu'ils ont vu ma honte et mon humiliation. —
Mais j'en jure par Allah ! nul autre qu'Antar ne me possédera jamais. »

En entendant ces paroles, le traître Malec, convaincu que le fils de Cheddad était mort, entra dans la tente, et, plein d'hypocrisie, il s'écria :

« Hélas ! Dieu fait de nous ce qu'il veut, et tout ce qu'il écrit chaque
année dans la nuit du destin se réalise. »

Abla, vêtue de noir, versait d'abondantes larmes ; les pleurs coulaient le long de ses joues et inondaient sa gorge et ses colliers. Malec se penche vers elle et l'embrasse à maintes reprises sur la tête et au front.

« Calme ta peine, mon enfant, lui dit-il. Sèche tes yeux. Le poids d'une telle douleur écraserait les montagnes. »

Mais Abla n'est pas dupe de ses pleurs et de ses caresses astucieuses.

« C'est toi qui l'as tué, dit-elle. Que ton injustice retombe sur ta tête ! »

Malec ne répondit pas ; il sortit et gagna la demeure de son frère Cheddad. Il trouva le vieillard assis tristement sous sa tente : il avait préparé des phrases pour adoucir le cœur de son frère et s'excuser de sa conduite à l'égard d'Antar, car il redoutait les effets de la colère du malheureux père.

« Hélas ! mon frère, dit-il, nous avons perdu notre glaive tranchant, notre cuirasse impénétrable. Le destin nous a percés de sa flèche. »

En même temps il voulut embrasser Cheddad ; mais le vieillard se détourna et dit : « Va-t'en, fourbe ! c'est toi qui as envoyé mon fils dans l'Irac à la recherche du don nuptial. Et, par la foi des Arabes ! si tu n'étais mon frère,

je tuerais ton fils Amr et te lais-
serais pleurer sa mort. Mais, par
Satan le Lapidé! ton fils ne vaut pas
la poussière des pieds d'Antar. »

.   Cette réponse fit bien voir à Malec qu'il
ne lui était plus possible de demeurer avec les
Béni-Abs. Cette nuit même, il instruisit sa femme
des tristes résultats de son expédition, de la promesse de mariage faite à
Ouakid et de la captivité de ses compagnons, demeurés comme garantie de
sa parole. Il lui révéla ses projets de fuite et lui recommanda le secret.

En apprenant ces nouveaux malheurs, la mère d'Abla, folle de désespoir,
sortit de la tente en poussant des gémissements.

Quand la nuit vint, Malec abattit ses tentes et les chargea sur le dos des
chameaux. « Que signifie cela ? dit Abla fort surprise de ces préparatifs.

— Ma fille, répondit son père, nous ne pouvons plus demeurer ici, où
chaque pierre nous charge d'imprécations. Les Béni-Abs me reprochent la
perte d'Antar. Une grande animosité contre nous règne dans le camp; je
veux m'éloigner quelque temps, afin que la haine se calme et que les
langues injurieuses se taisent. Et d'ailleurs, si je demeure, Amara récla-
mera ta main; et toi tu ne veux pas de lui comme époux.

— Je ne veux aucun époux, dit Abla. Mon cœur n'en peut souffrir d'autre
qu'Antar, fils de Cheddad, le plus illustre des guerriers. Oh! j'en jure par
Celui qui a créé la lune et le soleil, je n'oublierai jamais le fils de mon

oncle, et mes regrets ne finiront qu'au jour où la mort fermera mes yeux. »

Malec marcha durant toute la nuit, et parvint au jour à la Source des Gazelles, où Ouakid l'attendait avec ses guerriers. Il avait avec lui les prisonniers absiens, les mains liées derrière le dos et attachés sur des chameaux. Lorsque parut Malec avec ses esclaves, ses troupeaux, sa femme et sa fille portées dans leurs litières à dos de chameau, Ouakid le reconnut et marcha à sa rencontre. Et lorsqu'ils eurent échangé les compliments d'usage, Malec dit au Kenanien :

« Voici ton épouse ; prends-la. Cherche à lui plaire, afin qu'elle t'agrée et ne soit point rebelle à tes désirs. »

Abla, entendant ces paroles, se retourna vers son frère et lui dit :

« Qui sont ces gens-là ? Que veut dire ton père, et qui est ce jeune homme ?

— Ma sœur, répondit Amr, ce jeune homme a épargné notre vie. Nous étions ses captifs, il nous a mis en liberté pour te posséder. Nous t'avons mariée à lui, il est dès maintenant ton époux et ton maître ; c'est un des nobles et loyaux seigneurs de la tribu des Béni-Kenana. »

En entendant ces paroles, Abla se mit à pousser des cris de désespoir.
« Malheur à toi, Amr ! s'écria-t-elle. Avez-vous pu me marier sans me
consulter ? Qui donc jamais s'est conduit avec une semblable tyrannie ?

— Ma sœur, déjà la flèche est partie de la corde de l'arc. Il n'est plus
temps de refuser. Accepte ce noble seigneur et ne résiste point à son désir. »

Ce disant, Amr tournait bride pour rejoindre les cavaliers, lorsque Abla,
folle de douleur, les cheveux épars, s'élance en bas de la litière, répand de
la poussière sur sa tête, déchire ses vêtements et s'écrie :

« Où es-tu, Antar ? Dans quel avilissement suis-je tombée, maintenant
que tu n'es plus ! A moi, Arabes ! N'est-il point parmi vous un seul brave
jaloux de l'honneur des femmes ? Ne trouverai-je pas un défenseur ? N'y
a-t-il point un homme généreux qui veuille m'accorder sa protection ? »

A ces clameurs, Amr était descendu de cheval. Armé
d'un fouet, il alla à sa sœur et la frappa avec rage.

« Lâche ! fils des lâches ! cria-t-elle, que tes mains cruelles soient estro-
piées ! Vous avez été faits prisonniers et chassés devant vos maîtres comme
des bêtes de somme ; et, pour vous racheter, vous avez livré comme rançon
une pauvre fille enlevée à sa tribu et jetée aux bras de l'étranger. Qu'Allah,
dans sa justice, vous rende les esclaves des hommes ! »

Amr répondit à ces malédictions par de nouveaux coups. Puis il jeta
de force sa sœur dans la litière et remonta à cheval pour s'éloigner.

« Seigneur, dit-il à Ouakid, ne prête aucune attention à ses cris. Lorsqu'elle sera dans ton pays, tu sauras bien t'en faire écouter et lui inspirer
de l'amour. » Ouakid retourna vers ses captifs, qu'il mit en liberté, et
qui reprirent aussitôt le chemin de leurs demeures.

Cependant, Antar hâtait sa marche vers le Hedjaz.

Un jour, la caravane parvint dans un lieu plein de sources, tout verdoyant
de gazon, couvert d'arbres et de plantes, où les bêtes sauvages paissaient
en liberté. En arrivant, les esclaves aperçurent
cinq nègres qui avaient fait halte, avec
une litière de femme surmontée d'un

croissant d'or. Dans cette litière, une personne pleurait et se lamentait :

« Ah! vils esclaves!... disait-elle. Où sont tes yeux, Antar, pour que tu voies à quelle infortune m'a réduite la cruauté de tes ennemis ? »

Le fils de Cheddad arrivait en cet instant; il entendit ces paroles. Surpris, troublé, il s'avance, et, s'adressant aux nègres :

« A qui appartiennent ces tentes ? leur dit-il. Qui est celui qui se propose de camper en ce lieu ? et quelle est celle qui pleure et appelle Antar ? »

— De quoi te mêles-tu ? répond l'un des nègres. Prends garde à ta vie. Crois-moi, poursuis ton chemin avant que Taricat-ez-Zéman te découvre, s'empare de toi, et te dépouille de tes armes et de ton cheval. »

A ces mots, le cœur d'Antar bondit dans sa poitrine. Il fond sur les nègres, les tue ou les disperse, lorsque la personne qui pleurait

lève les voiles de la litière, montre son
visage plus beau que la pleine lune, et s'écrie :

« Ah! fils de l'oncle, tu es donc au nombre
des vivants! et moi, infortunée, je suis entre les mains des ennemis! »

Elle saute à terre, veut marcher et s'attacher aux étriers d'Antar ; mais,
sous le poids de son émotion, elle tombe et s'évanouit. Antar, défaillant de
joie, a reconnu sa cousine Abla.

« Eh quoi! s'écrie-t-il, quel destin t'a conduite en ces déserts ? »

Il met pied à terre pour la soutenir, la relève et lui fait mille questions.
Elle lui raconte tous les malheurs qui l'avaient frappée, et comment, d'abord,
traîtreusement livrée en mariage à Ouakid, elle venait d'être arrachée des
mains du Kenanien par un nègre cruel, Taricat-ez-Zéman, de la tribu des
Béni-Réyan. A la tête d'une bande de cavaliers, il avait tué Ouakid et
défait sa troupe. Malec et son fils Amr, ainsi que tous leurs compagnons,
avaient été faits prisonniers, et elle-même était emmenée en esclavage par
le misérable nègre, qui ne cessait de l'importuner de ses désirs et espérait
triompher de sa résistance. Il l'écoutait, les larmes aux yeux, puis il l'em-

brassa et la serra contre sa poitrine. A son tour, il lui dit toutes ses aventures dans le pays de Cosroès, les honneurs qu'il avait obtenus et les riches présents qu'il rapportait. A peine il achevait, qu'Abla vit arriver les mules chargées des trésors de Cosroès, les esclaves grecques, les chamelles Açafir, la magnifique coupole d'argent et d'or, les serviteurs des deux sexes, enfin toutes les richesses venant de César, de Cosroès et de Mounzir. A la vue de ces merveilles, Abla se sentit revivre et oublia toutes ses infortunes.

Antar la regarda en souriant. « Et maintenant, cousine, dit-il, tu verras comme j'en userai avec tes ennemis. Je veux mettre à tes pieds le fort et le faible. » Il donne aux esclaves l'ordre de faire halte et de dresser les tentes, et, tandis que plusieurs d'entre eux, accroupis au bord de l'eau, étanchaient leur soif, il s'adressa à leur chef :

« Père de la Mort, lui dit-il, prends soin de cette jeune fille que je te confie. Traite-la avec respect, obéis à ses ordres. Que les femmes grecques viennent à son côté pour la servir, car tous ces biens sont à elle. »

Puis il remonte à cheval pour marcher à la rencontre des nègres qui arrivaient. « Malheur à toi ! lui crie de loin Taricat-ez-Zéman. Qui es-tu, toi qui oses tuer mes nègres et t'emparer de ma belle esclave ?

— Infâme, répond Antar ; depuis quand Abla est-elle ton esclave ?

Il dit, et d'un terrible coup de lance lui transperce les entrailles.

Puis, à l'aide de ses compagnons, le fils de Cheddad massacre tous les nègres qui l'attaquaient ou les force à s'enfuir. Il court ensuite aux prisonniers, les délie et les félicite généreusement de leur délivrance.

« Mon maître, dit-il à son oncle, réjouis-toi d'avoir échappé aux calamités que tes mauvaises actions avaient attirées sur ta tête. Tu m'avais traîtreusement envoyé dans les pays de l'Irac à la recherche du don nuptial; et puis tu avais violé ta promesse en mariant Abla au Kenanien Ouakid. Ton malheur était la punition de ton injustice. » Ce furent là les seuls reproches qui tombèrent des lèvres du généreux guerrier.

Quand la nuit fut venue, le fils de Cheddad entra sous la tente d'Abla. « Sois heureuse, ô fille de l'oncle, lui dit-il. Tes peines sont finies. Tu as vu ces perles, ces joyaux, ces belles esclaves, cette litière d'argent, ce bandeau de pierreries, cette couronne royale et tous ces beaux vêtements. Tout cela t'appartient. Disposes-en à ta guise.

— Fils de l'oncle, répondit Abla, ta présence m'est plus chère que la possession de tous ces trésors. »

Antar sourit, la remercia de ses sentiments d'affection et sortit pour veiller lui-même à la garde de sa bien-aimée; car il savait combien la fortune est pleine de surprises et d'embûches.

Dès que le jour parut, Antar appela les esclaves et donna des ordres pour le départ. On abattit les tentes, dont on chargea les chameaux, et on se mit en marche pour ne faire halte qu'à peu de distance de la terre de Chérebba.

Avant le jour Antar se leva. Il alla trouver Abla sous sa tente, et lui dit :

« En ce moment, ton père qui nous a précédés, arrive aux habitations, et le roi Zohéir va certainement monter à cheval pour venir au-devant de nous. Je ne veux pas qu'il ait une longue course à faire. Je vais prendre les devants et nous nous retrouverons près des tentes. »

Ayant dit ces mots, il part, le cœur si joyeux, que le monde lui semblait ne pouvoir le contenir. Et voilà que bientôt il aperçoit au loin un nuage de poussière qui monte et s'élève. C'est un troupeau de gazelles effarées. Il regarde et voit les cavaliers d'Abs et d'Adnan s'avancer, la lance sur l'épaule, précédés des esclaves des deux sexes qui font résonner les tambours et les instruments à cordes. Les drapeaux flottent légèrement au-dessus de la tête des guerriers. A quelque distance de la troupe, Antar descend de cheval et s'avance à pied. On l'aperçoit : les cris de joie s'élèvent de toutes parts. Il s'approche de Zohéir et se penche vers son étrier; mais le roi l'en empêche et le baise sur le front. Malic saute à terre, et vient presser son ami contre son cœur. Cheddad prend son fils entre ses bras; il lui baise le cou et le visage. Zébiba, la négresse, embrasse son enfant bien-aimé; car elle aussi était venue avec les femmes esclaves. A ce moment arrive Abla, avec son escorte et les esclaves, poussant devant eux les chamelles Açafir et les bêtes de somme chargées de coffres; puis viennent les deux cents serviteurs, présent de Mounzir, le sabre nu à la main. Les esclaves grecques avaient paré la jeune fille de magnifiques vêtements, et pendu à son cou trois colliers de perles, alternant

avec des rubis et des émeraudes : elles
avaient enfin déposé sur son front la couronne
de Cosroès. Elles viennent, parées elles-mêmes de ceintures et d'écharpes
d'or merveilleuses, et vêtues des plus riches étoffes, comme de nouvelles
épousées; puis ce sont les litières enrichies de pierres précieuses, et enfin
les chevaux de Cosroès avec leurs housses de soie magnifiques.

Antar fait un signe, ses gens s'arrêtent et se rangent devant lui. Il leur
ordonne de conduire dix mules chargées de coffres au roi Zohéir qu'il
supplie de les accepter. Entre chaque couple de coffres est assise une belle
esclave turque ou éthiopienne. Ensuite le fils de Cheddad distribue des
richesses et des vêtements d'honneur à tous les assistants. Sa générosité
n'oublie pas les pauvres et les orphelins. Chacun a sa part; il n'est pas un
des Béni-Abs qui n'éprouve les effets de sa libéralité.

Il répartit ainsi la moitié de ses trésors et donna presque tout le reste
à son oncle Malec, avec les mille chamelles de l'espèce Açafir.

On se remit alors en marche pour le camp. Antar, devant la litière d'Abla,
chevauchait aux côtés du roi Zohéir, le questionnait et apprenait de lui ce
qui s'était passé dans la tribu durant son absence.

TROISIÈME PARTIE

CHAPITRE I

Bien des années se sont
écoulées depuis le jour où
Antar, le conducteur de
chameaux, avait épousé Abla,
la fille de son oncle. La splendeur et la
gloire de l'ancien esclave noir avaient fait
de lui le plus puissant des Arabes de la
tribu d'Abs, et ses jours s'étaient écoulés
dans la paix, la guerre, et dans une constante
félicité auprès de la belle Abla, enviée de
toutes les femmes de l'Hedjaz et de l'Yémen.

Mais le temps n'avait pas désarmé la
haine dont ses ennemis poursuivaient Antar.

Au cours de ses exploits, Antar avait vaincu un nommé Ouézar, fils de
Djaber, et, pour le punir de ses agressions contre son peuple, il l'avait
privé de la lumière du jour, en faisant passer un sabre rouge devant ses
yeux ; puis il lui avait laissé la vie et la liberté et même le rang suprême
dans sa tribu. Depuis ce temps, Ouézar, fils de Djaber, méditait en secret sa
vengeance. Quoique ses yeux fussent privés de la lumière, il n'avait rien
perdu de son adresse à tirer des flèches. Son oreille, exercée par un long
apprentissage à suivre les mouvements des bêtes féroces sur le bruit de
leurs pas, suffisait pour guider ses coups, et jamais le trait qu'il avait lancé
ne manquait son but. Sa haine toujours attentive écoutait avidement les
nouvelles que la renommée lui transmettait de son ennemi.

 Un jour, il apprend qu'Antar, après une expédition
périlleuse et lointaine, vient d'arriver couvert de gloire, apportant avec
lui un butin immense, des trésors aussi riches que ceux de Cosroès. A ce
récit, Ouézar pleure d'envie et de rage.

Il appelle Nedjm, son esclave fidèle :

« Trop longtemps, lui dit-il, la

fortune a protégé celui dont les succès me désespèrent. Depuis ce jour où un fer brûlant ravit la lumière à mes yeux, dix ans se sont écoulés, et je ne suis pas encore vengé! Mais enfin, le moment est venu où je laverai ma honte. Antar est campé au bord de l'Euphrate. C'est là que je veux l'aller chercher. Je vivrai caché dans les buissons, dans les roseaux, jusqu'à ce que le ciel livre sa vie entre mes mains. » Il ordonne à son esclave de lui amener sa monture. Il s'arme de son arc et de son carquois rempli de flèches empoisonnées. Nedjm fait agenouiller la chamelle, aide son maître à monter, et prend la bride de l'animal docile.

Après plusieurs journées d'une marche pénible, ils entrent dans le pays qu'arrose l'Euphrate, pays fertile, orné d'arbres et de verdure. Ils parviennent au bord du fleuve. Nedjm jette les yeux sur l'autre rive, il aperçoit des tentes richement décorées, de nombreux troupeaux, des chameaux errants dans la plaine, des lances plantées en terre, des chevaux harnachés et attachés devant l'habitation de leur maître. Il entend les chants des jeunes filles et le son des instruments de musique. Une tente plus belle et plus haute que les autres est dressée à peu de distance du rivage; devant la porte s'élève une longue lance de fer, auprès de laquelle est un cheval plus noir que l'ébène. Nedjm reconnaît le noble coursier

d'Antar et sa lance terrible; il fait arrêter la chamelle qui porte son maître, et se place avec lui derrière des buissons qui les dérobent à tous les regards.

Lorsque la nuit eut étendu sur la terre ses ombres sinistres, Ouézar dit à son esclave : « Quittons ce lieu; les voix qui frappent mon oreille me semblent éloignées. Rapproche-moi du fleuve : mon cœur me dit qu'un coup signalé va illustrer à jamais mon nom. » Nedjm le conduit par la main, le fait asseoir sur la rive, en face de la tente d'Antar, et lui présente son arc et son carquois. Ouézar choisit la plus acérée de ses flèches, la place sur son arc, et, l'oreille attentive, il attend le moment de la vengeance.

Antar, dans une sécurité profonde, se livrait au plaisir de revoir Abla, sa bien-aimée, après une longue absence. Il oubliait, dans les bras de cette compagne chérie, et ses travaux, et ses dangers, lorsque les hurlements lugubres des chiens, fidèles gardiens du camp, succédant à leurs

aboiements prolongés, viennent jeter dans son âme un trouble inconnu. Inquiet, il se lève et sort de sa tente. Le ciel était sombre et plein de nuages. Antar erre quelque temps dans l'obscurité ; il entend de nouveaux aboiements qui lui paraissent venir du rivage du fleuve. Poussé par la fatalité, il s'avance au bord des eaux et, soupçonnant la présence de quelque étranger, il appelle son frère Djérir pour l'envoyer reconnaître l'autre rive. A peine a-t-il élevé sa voix puissante, qui fait retentir les vallons et les montagnes, qu'une flèche l'atteint au côté droit et pénètre dans ses entrailles.

Aucune plainte, aucun gémissement indigne de son courage, ne trahit sa douleur. Il arrache le fer de sa blessure, et s'écrie : « O toi, dont la main perfide s'est guidée sur le son de ma voix pour me frapper dans les ombres de la nuit ; traître, qui n'as pas osé m'attaquer à la clarté du jour, tu n'échapperas pas à ma vengeance, tu ne jouiras pas du fruit de ta perfidie. » Ouézar entend ces paroles, et la crainte s'empare de son cœur.

Il croit que sa flèche a mal servi
son ressentiment, et, à l'instant,
l'idée de la colère d'Antar, l'image
des tourments qu'il lui prépare, saisis-
sent son esprit d'épouvante ; ses forces l'abandonnent, il tombe privé de
sentiment. L'esclave Nedjm, voyant que son maître n'est plus qu'un corps
sans vie, monte sur la chamelle et se hâte de s'éloigner.

▓▓▓▓▓▓▓▓▓▓▓▓▓▓▓▓ Cependant Djérir était accouru à la voix de son frère.
Antar l'instruit qu'il a été blessé d'un trait décoché de l'autre bord du
fleuve par une main inconnue ; il lui ordonne de poursuivre le traître
qui l'a frappé et retourne à sa tente à pas chancelants. Djérir se dépouille
de ses vêtements et s'élance dans le fleuve. Il nage avec prudence, craignant sans cesse que le bruit des ondes et la clarté de la lune trahissent son
approche. Bientôt il atteint le rivage opposé : il cherche dans l'obscurité, et
trouve, gisant sur le sable, un corps inanimé, auprès duquel sa main rencontre un arc et un carquois. Incertain si ce corps sans mouvement peut être
rappelé à la vie, mais espérant tirer quelque éclaircissement de la vue de sa
figure, il charge le cadavre sur ses épaules, et le porte à la tente de son frère.

Antar, étendu sur le lit de douleur, environné de ses amis désolés,
était en proie aux plus cruelles souffrances. La tendre Abla mettait un

appareil sur sa blessure qu'elle arrosait de ses larmes. Dans ce moment, Djérir entre et dépose aux pieds de son frère le corps de Ouézar avec son arc et ses flèches. A peine Antar a-t-il jeté les yeux sur ce visage mutilé, qu'il reconnaît l'implacable ennemi qui avait tant de fois conjuré sa perte. Il ne doute pas que le coup fatal ne soit parti de sa main, et que la flèche qui l'a blessé ne soit empoisonnée. Alors la douce espérance abandonne son cœur, et l'image de la mort se présente seule à ses yeux. Il l'envisage avec résignation, et, plongé dans de profondes pensées, il garde un moment le silence. Bientôt, sortant de sa rêverie, il s'écrie : « La mort de mon ennemi a satisfait mon cœur et me console de ma fin prochaine dont il ne sera pas témoin. Oui, l'on doit remercier le destin quand on survit à son ennemi d'un jour ou même d'un instant.

« Fils de mon oncle, lui dit Abla, pourquoi renoncer à l'espoir ? Pourquoi laisser abattre ton courage ? Une légère blessure de flèche doit-elle t'inquiéter, toi qui, méprisant les coups des sabres et des lances, as supporté sans te plaindre tant de blessures larges et profondes ?

— Abla, répond Antar, ma vie touche à son terme ; la flèche qui m'a atteint est empoisonnée. Cesse de te flatter d'une vaine espérance. »

A ces mots, Abla fait

retentir l'air de ses gémissements; elle déchire ses vêtements, arrache ses longs cheveux et se couvre la tête de poussière. Les femmes qui l'entourent imitent sa douleur; bientôt tout le camp répond à leurs cris plaintifs, et au silence de la nuit succèdent le tumulte et les accents du désespoir.

Alors, Antar dit à ses amis qui fondaient en larmes : « Cessez d'inutiles pleurs. Nous sommes tous assujettis à la même loi, et personne ne peut se soustraire aux arrêts du destin, puisque telle est la volonté immuable de l'Être immortel dont les humains ne peuvent prévoir ni éviter les décrets. »

Puis, se tournant vers Abla : « Chère épouse, dit-il, qui défendra ton honneur et tes jours après la mort d'Antar?... Je sais trop que la tribu des Béni-Abs, privée du secours de mon bras, va être accablée par ses nombreux ennemis, écrasée par toutes les tribus de l'Arabie que la vengeance réunira contre elle!... Du moins, pour retourner vers la terre qu'habitent les enfants d'Abs, je vais encore assurer ton passage dans le désert! Tu monteras mon coursier Abjer et tu revêtiras mes armes ; sous ce déguisement, ne crains pas d'être attaquée; marche avec assurance, sans daigner donner le salut aux guerriers des tribus qui se trouveront sur ta route. La vue du cheval et des armes du fils de Cheddad suffira pour intimider les plus audacieux. »

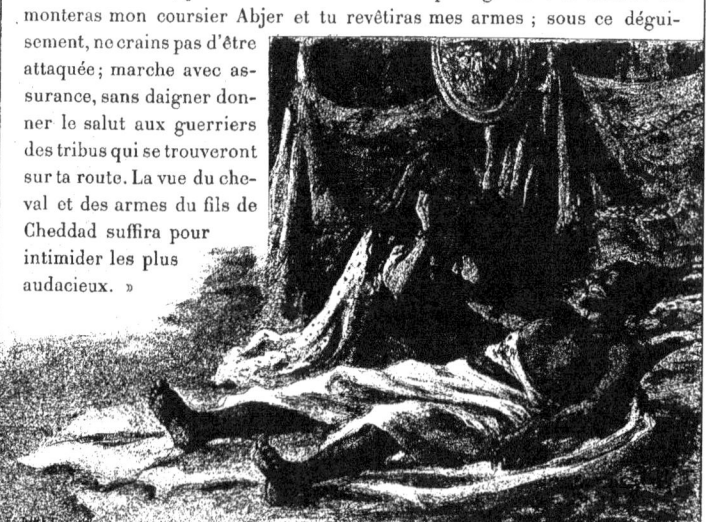

CHAPITRE II

EPENDANT, le rideau des ténèbres s'était levé ; l'aube parut
en souriant et commença à colo-
rer le sommet des montagnes. Antar se fit porter
hors de sa tente ; là, il distribua à ses parents et à
ses amis les nombreux troupeaux, les chameaux, et
les coursiers qu'il possédait, ainsi que le butin qu'il
avait rapporté de sa dernière expédition, réservant
pour Abla la portion la plus considérable. Après
ce partage, il fit ses adieux à son fidèle compagnon Amrou, et l'engagea à retourner dans sa tribu
avant que le bruit de sa mort se répandît dans
l'Arabie et enhardît leurs ennemis communs à venir
l'attaquer. Vainement Amrou protesta qu'il ne le

quitterait point et qu'il voulait escorter Abla jusqu'à
la tribu des Béni-Abs. « Non, lui dit Antar, tant que
j'aurai un souffle de vie, Abla n'aura d'autre bras
que le mien pour la défendre. » Les deux amis con-
fondent leurs larmes dans un dernier embrassement.
Antar ordonne les préparatifs du départ. La triste
Abla se laisse revêtir des armes pesantes de son
époux; ceinte de son large sabre, tenant dans la main
sa lance redoutable, elle monte sur Abjer,
tandis que des esclaves font asseoir Antar
dans la litière où Abla avait coutume de se
placer dans des temps plus heureux,
lorsqu'elle traversait les déserts.

On part ; on se dirige en hâte
vers la terre de Chérebba. Les esclaves chassaient
en avant les nombreux troupeaux et les chameaux qui portaient les ba-
gages ; à leur suite venaient les cavaliers ; la marche était fermée par Abla
et Antar, accompagnés de l'infatigable Djérir qui précédait les pas d'Abjer.

A peine ils avaient perdu de vue les bords fortunés de l'Euphrate et
commençaient à s'enfoncer dans l'immensité des déserts, qu'ils aperçurent
au loin des tentes qui paraissaient comme des points obscurs à l'horizon.
C'était une tribu riche et puissante. Les guerriers qui la composaient
égalaient en nombre les grains de sable de l'Irak, et en courage les lions
des forêts. Aussitôt que leurs yeux vigilants eurent distingué dans le
lointain la faible caravane qui s'avançait, trois cents des plus braves s'élan-
cèrent sur leurs chevaux, saisirent leurs lances et volèrent à sa rencontre.
Aussi rapides que les gazelles légères, leurs coursiers franchissent l'espace,
et bientôt ils sont à la portée de la flèche. Alors ils reconnaissent la litière
et le guerrier qui l'accompagne : « C'est Antar, se disent-ils les uns aux
autres ; oui, c'est lui qui voyage avec son épouse. Voilà ses armes, son
cheval et la magnifique litière d'Abla. Retournons vers nos tentes, et ne
nous exposons pas à la colère de cet invincible guerrier. »

Déjà ils avaient tourné bride et allaient reprendre leur course vers leur tribu, lorsqu'un d'entre eux les arrêta. C'était un vieux cheik, dont l'esprit fin et rusé pénétrait les événements les plus secrets et perçait les voiles du mystère : « Mes cousins, leur dit-il, c'est bien la lance d'Antar ; c'est bien son casque, sa cuirasse et son coursier, dont la couleur ressemble à la nuit ; mais ce n'est ni sa taille, ni sa contenance fière : c'est la taille et le maintien d'une femme timide. Croyez-moi, Antar est mort, ou bien une maladie dangereuse l'empêche de monter à cheval ; et ce guerrier que porte Abjer, cet Antar prétendu, c'est Abla qui se sera revêtue des armes de son époux, pour nous intimider, tandis que le véritable Antar est peut-être couché mourant dans cette litière. »

Ses compagnons, frappés de ses observations, reviennent sur leurs pas. Aucun d'eux cependant ne se sent l'audace de commencer l'attaque ; mais ils se déterminent à suivre de loin la caravane, dans l'espoir de voir naître quelque circonstance qui puisse fixer leur incertitude.

❁❁❁❁❁❁❁❁❁ Cependant la main délicate d'Abla ne pouvait plus supporter le poids de la lance de fer ; elle est obligée de la remettre à Djérir. Bientôt, lorsque le soleil, parvenu à la moitié de son cours, eut échauffé les sables de toute l'ardeur de ses feux, épuisée de fatigue, accablée par la pesanteur de ses armes, Abla voulut s'arrêter et prendre un instant de repos. Djérir s'avance vers elle, la soutient et l'aide à descendre de cheval. A ce spectacle, les cavaliers, qui observaient tous leurs mouvements, ne doutent plus de la réalité de leurs soupçons ; ils mettent leurs lances en arrêt, et pressent les flancs de leurs coursiers pour fondre sur cette troupe qu'ils jugent trop faible pour leur résister.

Antar était étendu dans la litière,
presque privé de sentiment. Les cris
des ennemis, les hennissements des
chevaux, la voix d'Abla qui l'appelle,
viennent frapper son oreille
et le tirer de sa léthar-
gie. Le danger lui rend
des forces; il se sou-
lève, montre la tête
et pousse un cri ter-
rible qui porte l'ef-
froi dans tous les
cœurs. A ce cri,

le crin des coursiers se hérisse ; ils reculent, ils fuient et emportent au loin dans la plaine leurs cavaliers glacés de terreur : « Malheur à nous ! se disent-ils ; Antar respire encore ! Il a voulu éprouver les habitants du désert et connaître quelle serait la tribu assez hardie pour ambitionner la conquête de son épouse et de ses biens. » En vain le vieux cheik cherche encore à les rassurer ; la plupart sont sourds à sa voix et poursuivent leur course vers leur tribu. Trente seulement consentent à rester avec lui.

Malgré ses douleurs, que chaque instant rendait plus cuisantes, Antar avait voulu reprendre ses armes et remonter sur son coursier. Il fait replacer Abla dans la litière et marche à ses côtés : « Sois tranquille, Antar veille encore sur toi ; mais ce sont ses derniers moments qu'il consacre à ta défense. » ▨▨▨▨▨▨▨▨▨▨ Au déclin du jour, ils arrivèrent dans une gorge étroite où trois cavaliers pouvaient à peine se présenter de front. Antar fit passer en avant les troupeaux et la chamelle qui portait Abla.

Quand il eut vu toute la caravane défiler devant lui, il s'avança lui-même à l'entrée de la gorge. En cet instant ses douleurs augmentent ; ses entrailles sont déchirées, et chaque pas de son coursier lui fait éprouver des tourments pareils aux supplices des enfers. Il arrête Abjer, plante sa lance en terre, et, s'appuyant dessus, il demeure immobile.

Les trente guerriers qui suivaient ses traces font halte à l'autre extrémité de la vallée. « Antar, se disent-ils, s'est aperçu que nous observions sa marche ; sans doute il nous attend dans ce défilé pour nous exterminer.

— Mes cousins, leur dit le cheik, n'écoutez pas les conseils de la  d'Antar est le sommeil de la mort. Hé quoi ! ne connaissez-vous pas son courage impétueux ? S'il était vivant ne fondrait-il pas sur nous comme le vautour sur sa proie ? Avancez donc, ou, sinon, attendez que l'aurore vienne éclaircir nos soupçons. »

Persuadés de nouveau, ses compagnons demeurent ; mais toujours inquiets et alarmés, ils passent la nuit sur leurs chevaux. Enfin, le jour commence à paraître. Antar est toujours à l'entrée du défilé dans la même attitude, et son coursier docile est immuable comme lui. A cette vue, les guerriers étonnés se consultent ;

toutes les apparences leur montrent qu'Antar est mort, et cependant aucun d'eux n'ose l'approcher, tant est grande la crainte qu'il inspire. Le vieux cheik fixe bientôt leur irrésolution. Il descend de sa jument, et, la piquant avec la pointe de sa lance, il lui fait prendre sa course vers le fond de la vallée. A peine est-elle parvenue au pied des montagnes, que l'ardent Abjer, la sentant approcher, s'élance vers elle avec de bruyants hennissements. Antar tombe comme une tour qui s'écroule, et le bruit de ses armes fait retentir les échos.

Les guerriers, qui aperçoivent sa chute, s'empressent de voler vers lui. Ils s'étonnaient de voir étendu sans vie celui qui avait fait trembler l'Arabie.

Renonçant à atteindre
la caravane, qui avait
dû arriver pendant la nuit
à la tribu des Béni-Abs, ils se contentèrent de dépouiller Antar de ses
armes pour les emporter chez eux comme un trophée. En vain ils voulurent saisir son coursier. Après la mort de son maître, Abjer n'aurait
plus eu de cavalier digne de lui. Plus rapide que l'éclair, il disparaît à
leurs yeux et s'enfonce dans les déserts.

On dit qu'un de ces hommes, touché du sort d'un héros qu'avaient illus-
tré tant d'exploits, pleura sur son cadavre, le couvrit de terre et lui adressa
ces paroles : « Honneur à toi, brave guerrier qui, pendant ta vie, as été le
défenseur de ta tribu, et qui, même après ta mort, as protégé les tiens par
la terreur qu'imprimait ton aspect! Puisse ton âme vivre heureuse à jamais ;
puissent les rosées bienfaisantes humecter le lieu où tu reposes ! »

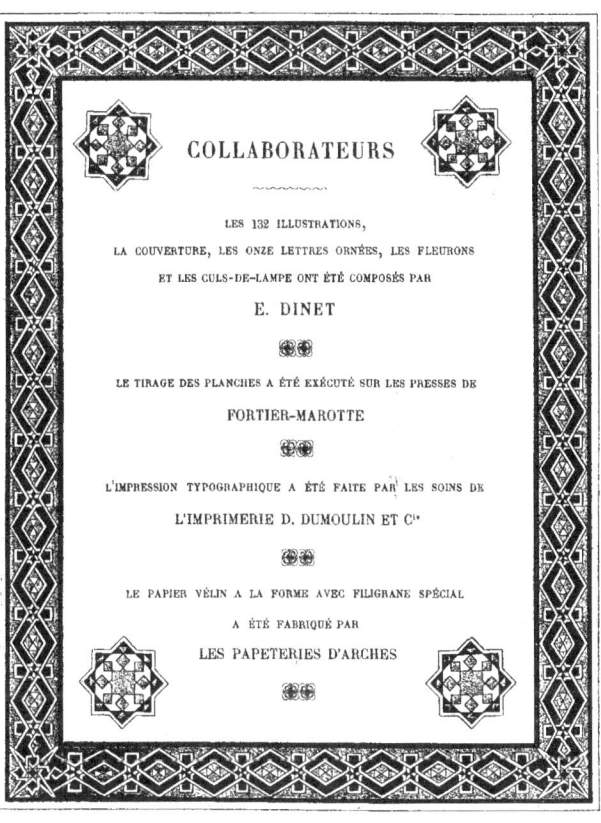

COLLABORATEURS

LES 132 ILLUSTRATIONS,
LA COUVERTURE, LES ONZE LETTRES ORNÉES, LES FLEURONS
ET LES CULS-DE-LAMPE ONT ÉTÉ COMPOSÉS PAR

E. DINET

LE TIRAGE DES PLANCHES A ÉTÉ EXÉCUTÉ SUR LES PRESSES DE

FORTIER-MAROTTE

L'IMPRESSION TYPOGRAPHIQUE A ÉTÉ FAITE PAR LES SOINS DE

L'IMPRIMERIE D. DUMOULIN ET Cⁱᵉ

LE PAPIER VÉLIN A LA FORME AVEC FILIGRANE SPÉCIAL

A ÉTÉ FABRIQUÉ PAR

LES PAPETERIES D'ARCHES

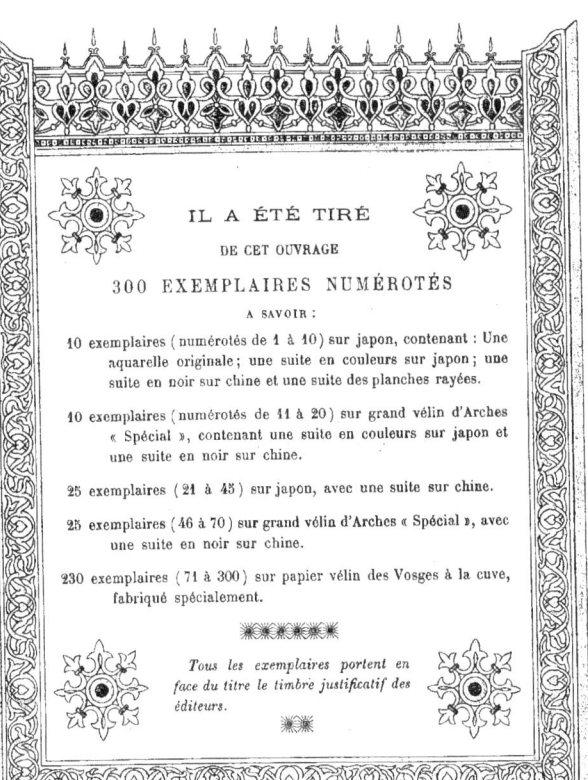

IL A ÉTÉ TIRÉ

DE CET OUVRAGE

300 EXEMPLAIRES NUMÉROTÉS

A SAVOIR :

10 exemplaires (numérotés de 1 à 10) sur japon, contenant : Une aquarelle originale ; une suite en couleurs sur japon ; une suite en noir sur chine et une suite des planches rayées.

10 exemplaires (numérotés de 11 à 20) sur grand vélin d'Arches « Spécial », contenant une suite en couleurs sur japon et une suite en noir sur chine.

25 exemplaires (21 à 45) sur japon, avec une suite sur chine.

25 exemplaires (46 à 70) sur grand vélin d'Arches « Spécial », avec une suite en noir sur chine.

230 exemplaires (71 à 300) sur papier vélin des Vosges à la cuve, fabriqué spécialement.

※※※※※

Tous les exemplaires portent en face du titre le timbre justificatif des éditeurs.

ACHEVÉ D'IMPRIMER

LE 25 MAI 1898, A PARIS

www.ingramcontent.com/pod-product-compliance
Lightning Source LLC
Chambersburg PA
CBHW070816250626
47170CB00006B/2131